HUBERT-FILLAY

Pantagruel

FARCE EN TROIS ACTES EN PROSE

TOURS

ÉDITION DE *LA RENAISSANCE ARTISTIQUE TOURANGELLE*

Siège social : 17, rue des Halles, Tours

1908

PANTAGRUEL

Il a été tiré de cet ouvrage :
Cinq cents exemplaires sur vergé.

N°

HUBERT-FILLAY

PANTAGRUEL

FARCE EN TROIS ACTES EN PROSE

AVEC ADAPTATIONS DE *RABELAIS*

TOURS

EDITION DE *LA RENAISSANCE ARTISTIQUE TOURANGELLE*

SOCIÉTÉ AYANT POUR BUT LA REPRÉSENTATION DE SPECTACLES D'ART
DANS LES PLUS BEAUX SITES DE LA TOURAINE

Siège social : 17, rue des Halles, Tours

1907

A Pierre LAFORGE

A MES AMIS ET A MES INTERPRÈTES

DE

LA RENAISSANCE ARTISTIQUE TOURANGELLE

H.-F.

Je ne vous avais oncques puis veu que jouâtes à Montpellier avec nos antiques amis, Anto, Sporta, Guy Bourguier, Baltazar Noyer, Tolet, Jean Quentin, François Robinet, Jean Perdrier et François Rabelais, la morale comédie de celuy qui avait épousé une femme muette.

— J'y étais, dit Epistemon. Le bon mary voulut qu'elle parlat. Elle parla par l'art du médecin et du chirurgien qui lui coupèrent un encyliglotte qu'elle avait sous la langue. La parole recouvrée, elle parla tant et tant que son mari retourna au médecin pour remède de la faire taire.

Le médecin répondit en son art bien avoir des remèdes propres pour faire parler les femmes, n'en avoir pour les faire taire. Remède unique être surdité du mary contre cettuy interminable parlement de femme. Le paillard devint sourd par je ne sais quels charmes qu'ils lui firent. Puis le médecin demandant son salaire, le mari répondit qu'il était vraiment sourd, et qu'il n'entendait sa demande. Je ne ry oncques tant que je fis à ce patelinage...

(Pantagruel, *liv. III, chap. XXXIV.*)

PERSONNAGES

MAITRE ALCOFRIBAS NASIER (François-Rabelais), médecin.

PANTAGRUEL, le roi, 30 ans.

PANURGE, 35 ans... *Etait de stature moyenne, ny trop grand, ny trop petit et avait le nez un peu aquilin, fait à manche de rasoir, et pour lors était de l'âge de trente et cinq ans ou environ, fin à dorer comme une dague de plomb, bien galant homme de sa personne, sinon qu'il était quelque peu paillard et sujet de nature à une maladie qu'on appelait en ce temps-là : « faulte d'argent, c'est douleur non pareille ».* (Rabelais.)

JANOT NIGUEDOUILLE, 30 ans, petit bourgeois aisé de Touraine.

EPISTEMON, 50 ans, seigneur de la suite de Pantagruel.

CARPALIM, 25 ans, seigneur.

FRÈRE JEAN DES ENTOMMEURES, 40 ans, moine... *En l'abbaye, était pour lors un moyne claustrier...jeune, galant, frisque, dehait, bien à dextre, hardi, etc.* (Gargantua, *liv. I, chap. XXVII.*)

HER TRIPPA, 50 ans, astrologue.

RONDIBILIS, 50 ans, médecin.

BRIDOYE, 70 ans, juge. Il bégaie.

TRIBOULET (1), fou. Costume mi-partie jaune, mi-partie bleu. Bonnet et marotte de fou. *Panurge lui donna une vessie de porc...* (*Voir acte I, sc. III.*)

TROUILLOGAN, 50 ans, philosophe.

HIPPOTHADÉE, 60 ans, curé.

LE HÉRAUT D'ARMES de Pantagruel.

DAME MADELON, femme de Janot Niguedouille, 20 ans, une petite bourgeoise du XVIᵉ siècle.

SEIGNEURS de la suite de Pantagruel et PAGES, PETITS DIABLES cornus et noirs, PAYSANS et PAYSANNES.

INDICATIONS SCÉNIQUES

En 1550 environ, en Touraine, sur les bords d'une rivière. La scène se passe dans une clairière, au creux d'une vallée agrémentée d'arbres, sources, rochers...

Le fond de la scène ainsi que ses côtés sont occupés par des tentes (celle de Pantagruel dominant les autres), si bien que la scène offre dans sa plus grande surface l'aspect d'une place publique où se réuniront les curieux et les seigneurs, chaque fois que l'occasion s'en présentera.

(1) Triboulet était mort au moment où la pièce se déroule. C'est par un anachronisme volontaire que nous l'avons conservé au nombre des personnages.

PANTAGRUEL [1]

FARCE EN TROIS ACTES EN PROSE, AVEC ADAPTATIONS DE RABELAIS

ACTE PREMIER

SCÈNE PREMIÈRE

PANURGE, EPISTEMON, puis PANTAGRUEL, sa suite et JANOT NIGUEDOUILLE

PANURGE

Compère, mon antique ami, vous voyez la perplexité de mon esprit. Vous savez tant de remèdes... me sauriez-vous secourir ?

EPISTEMON

Eh ! quel remède vous donner !... Depuis le temps où vous vous obstinez à vous vouloir marier et à ne le plus vouloir, depuis que vous courez de çà, de là, quittant la Sybille de Panzoust pour Raminagrobis, obsédant notre maître Pantagruel de vos billevesées, votre folie a-t-elle permis d'espérer sa guérison... Ah ! Panurge, mon ami Panurge, on se moque de toi et ton accoutrement (2) provoque le rire de tous.

---

(1) Tout le texte en italique a été emprunté le plus exactement possible aux œuvres de *Rabelais*. Les notes du bas des pages indiquent l'ouvrage, le livre et le chapitre dans lequel ces emprunts ont été faits. Chaque fois que j'ai cru qu'un mot ne serait pas inintelligible, je l'ai laissé; enfin, j'ai modifié quelques mots qui paraîtront obcènes à notre moderne hypocrisie. H.-F.

(2) *Panurge print quatre aulnes de bureau, s'en accoutra comme d'une robe longue à simple couture, désista porter le haut de chausses et attacha des lunettes à son bonnet. En tel état se présenta devant Pantagruel lequel trouva le déguisement étrange...*

(Pantagruel, liv. III, chap. VII.)

2

PANURGE

J'ai la puce à l'oreille et me veux marier !...
Pantagruel et sa suite s'approchent.

ÉPISTEMON

Oh ! que maudit soit le jour où cette pensée nous vint... Mais voici notre bon prince Pantagruel qui vous amènera peut-être à plus de sagesse.

PANURGE, à Epistemon.

Le croyez-vous, beau philosophe. (A Pantagruel) Seigneur, vous savez mon intention. Elle est de me marier et si par malheur *tous les trous* de votre compre-noire ne sont *fermés, clos et bouchés, je vous en supplie par l'amour que vous m'avez si longtemps porté, dites m'en votre avis ?...* (1).

PANTAGRUEL, avec humeur.

Puisqu'une fois vous en avez jeté le dé et l'avez ainsi décidé et pris en ferme délibération, il n'est plus à en parler; reste seulement à le mettre à exécution.

PANURGE

Voire, mais je ne la voudrais exécuter sans votre conseil et bon avis...

PANTAGRUEL

J'en suis d'avis et vous le conseille.

PANURGE

Mais si vous pensiez qu'il me fut pré-
J'ai la puce à l'oreille et me veux *férable de rester tel que je suis... j'aime-*
marier !... *rais mieux ne point me marier...*

(1) Toute cette scène se trouve dans *Pantagruel*, liv. III, chap. IX.

PANTAGRUEL

Ne vous mariez donc point.

PANURGE

Voire, mais voudriez-vous qu'ainsi seulet je demeurâsse toute ma vie sans compagnie conjugale? Vous savez qu'il est écrit : Vae soli, malheur à l'homme sans femme... L'homme seul n'a jamais le bonheur qu'ont les gens mariés.

PANTAGRUEL

Mariez-vous donc, de par Dieu...

PANURGE, inquiet.

Mais si ma femme me faisait cornu... vous savez que l'année leur est bonne... Ce serait assez pour me faire culbuter hors des gonds de toute patience. J'aime bien les cocus, ils me semblent gens de bien et je les fréquente volontiers, cependant jusqu'à la mort, je ne le voudrais être. C'est un fait qui me fait trop.

PANTAGRUEL, doucement.

Ne vous mariez donc pas, car la sentence de Senèque est véritable, et ne souffre pas d'exception : « Ce que tu auras fait à autrui, sois en certain, te sera fait. »

PANURGE, avec un haut-le-corps.

Vous dites que cela ne souffre pas d'exception ?

PANTAGRUEL

Cela est dit sans exception.

PANURGE

Ho! oh! de par le petit diable... Dans ce monde ou dans l'autre! voire... mais puisque je ne puis me passer de femme pas plus qu'un aveugle de bâton, comment diantre voulez-vous que je vive... Le mieux n'est-il pas que je m'associe à quelque honnête et prude femme plutôt que de changer chaque jour, avec le continuel danger de quelque coup de trique ou de quelque... fièvre maligne pour le pire ? Car je ne connus jamais d'honnêtes dames... n'en déplaise à leurs maris !

PANTAGRUEL

Mariez-vous, de par Dieu...

PANURGE

Mais si Dieu le voulant, il m'advenait d'épouser quelque femme de bien qui me battit, je serais plus gueux que Job, si d'aventure je ne devenais enragé tout vif ! car l'on m'a dit que ces braves femmes de bien ont communément mauvaise tête... assez pour faire un bon vinaigre de leur ménage. Je serais encore pire et je lui battrais tant et trèstant sa petite oie (ce sont bras, jambes, tête, poumon, foie, ratelle) ; je lui déchiqueterais ses habillements à bâtons rompus au point que le grand diable attendrait son âme damnée à la porte.

Un temps. Méditatif.

De tels abus je me passerais bien pour cette année et me contenterais de repasser.

PANTAGRUEL, doucement.

Ne vous mariez donc point.

PANURGE

Voire, mais tel que je suis sans le sou et non marié, sur quels soins puis-je compter en cas de maladie. Je n'ai personne qui se soucie de moi. et me porte quelque affection... Jugez de mon infortune si le vesou et la pépie fondaient sur moi. *Le sage le dit :* « *Où il n'y a pas de femme, et j'entends par là femme légitime, le malade est en grand danger* ». *Je l'ai vu par les papes, légats, cardinaux, évêques, abbés, prieurs et moines...* Vous ne me reverriez plus...

PANTAGRUEL

Mariez-vous donc de par Dieu...

PANURGE

Mais si, malade et incapable de remplir le devoir conjugal, ma femme agacée de ma langueur, s'abandonnait à autrui, et non contente de me négliger, se moquait de mon malheur et, *ce qui est pis, me volait...* cela me finirait...

PANTAGRUEL

Ne vous mariez donc point...

PANURGE, larmoyant.

N'étant pas marié, comment ferai-je souche de petits Panurge, d'enfantelets mignons et dodus qui perpétuent mon nom, héritent de mes biens à venir... Ah! maître, cela n'est pas bien à vous de vous amuser de moi, c'est mal à vous tous qui de mon mal riez...

PANTAGRUEL, avec un gros rire.

Mal riez-vous donc, de par Dieu...
Pantagruel s'éloigne avec sa suite.
Restent en scène Panurge et Janot.

SCÈNE II

PANURGE, JANOT NIGUEDOUILLE

JANOT NIGUEDOUILLE, à Panurge qui ne l'entend pas.

Mon bon monsieur...

PANURGE

Cruelle irrésolution! Je cherche et je ne trouve pas qui m'allumera ma lanterne...

JANOT NIGUEDOUILLE

Gentil seigneur, je vous entendais raisonner devant notre puissant sire.

PANURGE, sans prêter attention à Janot.

La sibylle n'a proféré que des arrêts désolants et dont un sens au moins n'est pas favorable à mon projet. Nazdecabre, le muet, m'a poché l'œil et empêché d'y voir pour une semaine. Le poète Raminagrobis, abêti par l'âge, divague hors de toute raison ; le frère Jean des Entommeures était ivre quand je le consultai... Notre roi se moque de mon indécision... A quels saints me vouer? J'attends encore ce jour quelques hommes notoires et de bon conseil qui me doivent logiquement tirer de mon irrésolution. Sera-ce Triboulet, le fol, que j'ai mandé de Blois hier même...

JANOT NIGUEDOUILLE, avec un grand coup de chapeau.

Monsieur le chevalier?

PANURGE, n'entendant et ne voyant pas Janot.

Her Trippa doit être sur la route qui conduit à notre camp... Il nous dira les secrets de l'*astrologie, géomancie, chiromancie et autres de même farine*... Mais saurai-je la vérité par lui. Problème !

JANOT NIGUEDOUILLE, avec un grand coup de chapeau.

Monsieur le baron...

PANURGE, même jeu.

Hippothadée, théologien, sera-t-il plus explicite. Angoisse !

JANOT NIGUEDOUILLE, même jeu.

Monsieur le vicomte.

PANURGE, même jeu.

Bridoye jugera-t-il la question avec plus de bonheur. Inquiétude !

JANOT NIGUEDOUILLE, même jeu.

Monsieur le comte.

PANURGE, même jeu.

Triboulet, le fol, déraisonnera-t-il sagement sur ce point. Interrogation pénible ?

JANOT NIGUEDOUILLE, même jeu.

Mon prince...

PANURGE, même jeu.

Le médecin Rondibilis me guérira-t-il de mon soupçon. Douleur !

JANOT NIGUEDOUILLE, même jeu.

Un médecin... le médecin Rondibilis ! si je pouvais le voir... Monsieur le duc !

PANURGE, s'arrachant les cheveux.

Le philosophe Trouillogan métaphysiquera-t-il comme il convient sur le point qui m'occupe... Damnation !

JANOT, se suspendant à la robe de Panurge.

Monsieur, je vous en prie... écoutez-moi... Je n'ai plus de titres à ma disposition... Monsieur !

PANURGE, répondant enfin.

... Panurge, tout simplement, ou *Panurge, châtelain de Salmigondin* (1) pour te bailler un *banquet de nazardes entrelardé de doubles chiquenaudes, le tout* au chant de *pétarades,* si tu ne cesses de hurler comme baudet. Tu me troubles...

JANOT NIGUEDOUILLE

Monsieur Panurge... C'est pour ma femme...

PANURGE

Toi aussi te moques-tu ?... Je ne veux pas en entendre parler...
Il le frappe à coups de bâton.

JANOT NIGUEDOUILLE

Vous en parler !... Hola... Hola..., mon gentilhomme, arrêtez... Je vous en supplie... ma femme ne vous parlera pas... Elle est muette.

PANURGE, s'arrêtant de frapper.

La douce créature... et comme elle doit être de bonne compagnie. Je me sens déjà tout ému à la pensée de la voir. Tu me la feras connaître, dis-moi ?...

JANOT NIGUEDOUILLE

Oh ! bien sûr... Monsieur Panurge... Je ne viens vous déranger que pour elle... rien que pour elle.

---

(1) *Donnant Pantagruel ordre au gouvernement de toute Dipsodie, assigna la Châtellenie de Salmigondin...* (Pantagruel, *liv. III, chap. II.*)

PANURGE, intéressé.

Parle, imbécile... nous perdons un temps précieux et tu ne me prends pas, j'imagine, pour un confesseur de bourriques ?

JANOT NIGUEDOUILLE. — Hola... Hola..., mon gentilhomme, arrêtez... *(Page 15.)*

JANOT NIGUEDOUILLE

Dieu m'en garde, mon bon monsieur. Voici. Partagé comme vous entre le désir de me marier et celui de ne point le faire, je crus, sur le conseil de mes amis, éviter un des plus grands dangers du mariage (qui est sauf cocuage), le bavardage des femmes ; en épousant fille muette... Fille muette, mais sauf cela gentille, avenante et bien tournée de sa personne. Je pensais qu'aux galants celle-ci ne répondrait jamais « oui ».

PANURGE

D'accord, mais pour ma part, j'aurais craint qu'elle ne dit jamais

« non » ; ce qui est terrible et vous dispose tout naturellement à devenir dix cors à bref délai...

JEAN NIGUEDOUILLE

Cela est juste, je n'y avais réfléchi. — Donc, je me marie et me voici pour un jour heureux. Car le jour des noces, imaginez qu'après m'avoir accepté pour mari par un balancement de la tête... comme ceci... ma femme ne me troubla pas un instant de bavardages inconsidérés. Malheureusement, je dus en rabattre, car le soir même des noces et sans que je pusse comprendre l'incroyable refus de ma femme, je dus me contenter de la garder demoiselle...

PANURGE

Le plaisant niais... qui ne dit mot, consent !...

JANOT NIGUEDOUILLE

Ah ! monsieur ! si vous aviez vu le bel effort de griffes, de pattes et de mains ; les tortillons de mon épousée... Bref, ce fut partie remise et bien remise... Depuis...

PANURGE

N'employas-tu pas la vertu souveraine de maître Bâton ?

JANOT NIGUEDOUILLE

Une femme si douce et si tendre de son naturel... vous n'y avez pas réfléchi...

PANURGE

Or ça, que veux-tu donc faire... désormais... sauf la trique, si la persuasion n'a pas réussi.

JANOT NIGUEDOUILLE

Voilà où je vous attendais... J'ai appris que notre bon roi Pantagruel avait planté sa tente en ce pays et que, désireux de consulter les savants, les fols et les sages, vous les réunissiez, ce jour, en ces lieux... J'ai pensé qu'il ne vous déplairait point de me voir, moi second, user de pareilles lumières et suis venu vers vous chercher le secret qui me donnera le bonheur... Me permettrez-vous, Monsieur Panurge, de profiter des oracles que vous obtiendrez ici...

PANURGE

Eh voire! l'affaire mérite réflexion et chaque chose se doit payer... Il fait soif et faim à cette heure, et pour vous répondre, sachez qu'il me faudrait d'abord entendre... *Sine, quæso, sine, vir impius, quo me fata vocant abire, nec ultra vanis tuis interpellationibus obtundatis, memor veteris illius adagii, quo venter famelicus auriculis carere dicitur...*

JANOT NIGUEDOUILLE, ahuri.

Dea, mon bon ami, ne savez-vous parler français ?

PANURGE

Si fait, très bien, Dieu merci... C'est ma langue naturelle et maternelle, car je suis né et j'ai été nourri, jeune, au Jardin de la France : c'est la Touraine.

JANOT NIGUEDOUILLE

J'en suis fort heureux, monsieur... Recevez-en mes compliments et, par ma foi, je vous ai déjà pris en amitié si grande que si vous condescendez à mon vouloir vous ne bougerez de ma compagnie ces jours-ci.

PANURGE

Ecoutez, c'est tout d'abord votre femme que je voudrais toucher de près... Peut-être la guérirais-je !...

JANOT NIGUEDOUILLE, admiratif.

Oh! si cela était...

PANURGE, égrillard.

Peut-être aurais-je plus de chance que vous !...

JANOT NIGUEDOUILLE, un peu inquiet.

Vous n'iriez pas trop loin, dites, monsieur ?

PANURGE

Certainement... *Et volontiers*, je vous serais agréable, *puisqu'il vous plaît de me retenir avec vous, mais à cette heure j'ai nécessité bien urgente de m'emplir la bedaine... Dents aiguës, ventre vide, gorge sèche, appétit strident : tout y est... Si vous voulez me mettre en œuvre, ce sera un plaisir de me voir briffer... pour Dieu, donnez-y ordre...* (1).

JANOT NIGUEDOUILLE

Je n'y manquerai, monsieur... je cours prévenir Madelon, ma femme, et vais vous faire préparer *force vivres*.

PANURGE

Force boire également. Ma sagesse est dans les tonneaux : sans boire, n'y puis rien voir... Pour voir, faut boire... Remuons le tonneau, ça ! *Au trimbalement du tonneau, que ferai-je à votre avis... Par la vierge, je ne sais encore... Attendez que je hume quelque trait de la bouteille ; c'est mon vrai et seul Hélicon, c'est ma fontaine sacrée, c'est mon unique enthousiasme. Buvant, je délibère, je discours, je résous, je conclus... Après l'épilogue, je ris, je trouve, je bois. Ennius buvant trouvait, trouvant buvait. Eschyle, si vous croyez Plutarque, buvait trouvant... Homère jamais n'écrivait à jeun... Caton n'écrivit jamais qu'après boire* (2). Buvons et ne craignons rien. Fi du lendemain. Pour nous bien porter et comporter, buvons et mangeons *notre blé en herbe*.

JANOT NIGUEDOUILLE

C'est belle morale...

PANURGE

C'est morale Pantagruélique et Tourangelle — l'unique et la même chose... Buvons frais et mangeons dru... *De blé en herbe vous faites une belle sauce verte, de bonne composition, de facile digestion, qui vous épanouit le cerveau, ébaudit les esprits animaux, réjouit la vue, ouvre l'appétit,*

(1) Pantagruel, *liv. II, chap. I.*

(2) Pantagruel, *liv. III, prologue de l'auteur.*

délecte le goût, assure le cœur, chatouille la langue, fait le teint clair, fortifie les muscles, tempère le sang, allège le diaphragme, rafraîchit le foie, désopile la rate, soulage les rognons, assouplit les reins, dégourdit l'entendement, expurge la vessie, vous fait bon ventre, bien roter, vesser, peter, fianter, uriner, éternuer, sangloter, tousser, cracher, vomir, bailler, moucher, respirer, souffler, ronfler, suer, et mille autres avantages (1).

JANOT NIGUEDOUILLE, admiratif.

La belle chose qu'un homme savant !

PANURGE

Ne perds pas un instant, voici venir notre bon roi...

Janot Niguedouille s'éloigne.

SCÈNE III

PANTAGRUEL, suivi de sa cour ; EPISTEMON ; FRÈRE JEAN DES ENTOMMEURES ; CARPALIM ; RONDIBILIS, le médecin ; TROUILLOGAN, le philosophe ; TRIBOULET, le fol ; BRIDOYE, le juge ; HIPPOTHADEE, le théologien ; HER TRIPPA, l'astrologue ; et des Seigneurs de moindre importance.

PANTAGRUEL, ironique.

Hé bien, Panurge, as-tu profité de mon conseil ?

PANURGE

Votre conseil, sous correction, ressemble à la chanson du Ricochet : *ce ne sont que sarcasmes, moqueries, ironies et redites contradictoires... Les unes détruisent les autres... Je ne sais auxquelles me tenir...*

PANTAGRUEL

Aussi, il y a tant de si et de mais dans tes propositions, que je n'en saurais rien distinguer, ni rien résoudre. N'es-tu pas sûr de ton désir ? Le point principal est là ; tout le reste est fortuit et dépend du hasard (2). Regarde l'histoire et vois le rôle que celui-ci y joue... Veux-tu des exemples ?

(1) Pantagruel, *liv. III, chap. II.*
(2) Pantagruel, *liv. III, chap. X.*

PANURGE

Nenni, je les connais et votre savoir ne fera pas avancer la question d'un pas... Ce serait plus tôt fait et expédié de me rapporter à trois beaux dés...

Il les secoue dans sa main.

PANTAGRUEL

Non ! de tels coups du hasard sont abusifs, illicites et grandement scandaleux... et mieux vaudrait t'en rapporter à des épreuves plus sérieuses. Puisque l'interprétation des songes ne t'inspire pas confiance, remets ton sort à la sagesse de ces illustrations que voici et qui répondirent à ton appel. (A quelqu'un de sa suite.) Avancez-moi mon trône et prenons place ici même. Je déclare ouverte la consultation... Hippothadée, à vous d'abord.

Les pages roulent sur le devant de la scène le tonneau qui sert de trône à Pantagruel. Les seigneurs s'asseyent çà et là sur le sol. Les sages, savants, et le fol Triboulet restent debout ainsi que Panurge.

PANURGE, s'adressant d'abord aux savants, puis à Hippothadée.

Messieurs, il n'est question que d'un mot ! Me dois-je marier ou non ? Si par vous mon doute n'est dissous, je le tiens pour insoluble. Car vous êtes tous élus, choisis et triés, chacun respectivement en son état, comme beaux pois sur le volet.

HIPPOTHADÉE, s'approchant de Panurge, d'un air patelin.

Mon ami, vous me demandez conseil, mais d'abord faut-il que vous-même vous conseilliez. Sentez-vous importunément en votre corps les aiguillons de la chair ?

PANURGE

Bien fort, ne vous déplaise, mon père...

HIPPOTHADÉE

Oh ! que non ! mon ami... Mais en cette angoisse, avez-vous de Dieu le don et la grâce spéciale de continence ?...

PANURGE, sincèrement.

Ma foi, non...

HIPPOTHADÉE

Mariez-vous donc, mon ami, car il est bien mieux de se marier que de brûler au feu de la concupiscence...

PANURGE, content.

C'est parlé, cela, galamment, sans tourner autour du pot. Grand merci, monsieur notre père. Je me marierai sans faute et bientôt. Je vous convie à mes noces. Par la crête de coq, nous ferons chère lie... Et nous mangerons de l'oie, corbeuf, que ma femme ne rotira point... Je vous prierai même de mener la première danse des filles, s'il vous plaît de me faire cet honneur. Reste un petit scrupule à rompre... un petit... dis-je, moins que rien... serai-je pas trompé?

HIPPOTHADÉE

Non, mon ami, s'il plaît à Dieu...

PANURGE

Oh! la vertu de Dieu nous soit en aide... où me renvoyez-vous, bonnes gens? A des « si » et des « que » pleins de contradictions et d'impossibilités... Si mon mulet d'Italie volait, mon mulet d'Italie aurait des ailes... S'il plaît à Dieu, je ne porterai pas de cornes; je porterai des cornes s'il plaît à Dieu... Vous me remettez au conseil privé de Dieu, en la chambre de ses menus plaisirs... Où prenez-vous le chemin pour y aller, vous autres Français?... Monsieur notre père, je crois que le mieux vous sera de ne pas venir à mes noces. Le bruit, le trémoussement des gens de noces vous rompraient la tête, vous aimez le repos, le silence et la solitude... Vous n'y viendrez pas, je crois... Et puis, vous dansez assez mal, et seriez honteux de mener ce premier bal... Je vous enverrai quelques reliefs en votre chambre, vous boirez à nous, s'il vous plaît.

HIPPOTHADÉE

Mon ami, prenez bien mes paroles, je vous en prie... Quand je vous dis s'il plaît à Dieu, vous fais-je tort? Est-ce mal parlé?... Mon ami, vous ne serez point trompé, s'il plaît à Dieu... Lisez. les Ecritures, aimez votre femme, vivez bien, donnez-lui l'exemple de la pudeur et de la sagesse et vous serez heureux en ménage près de votre épouse vertueuse.

PANURGE, frisant sa moustache.

*Vous voulez donc que j'épouse la femme forte de Salomon? Elle est morte, sans aucun doute. Je ne la vis jamais, que je sache, et que Dieu me pardonne. Grand merci, toutefois, mon père... Mangez ce quignon de massepain, il vous aidera à faire digestion, puis vous boirez une coupe d'hypocras clairet, il est salubre et stomacal. Suivons... (*1*).*

SCÈNE IV

JANOT NIGUEDOUILLE survient, traînant sa femme MADELON par la main.
Les mêmes qu'à la scène précédente.

JANOT NIGUEDOUILLE

Un instant... Messieurs... je vous en prie... je vous en supplie... (A Hippothadée.) C'est pour ma femme Madelon qui est muette et que je voudrais voir guérir... Que dois-je faire, Monsieur?...

HIPPOTHADÉE

S'il plaît à Dieu de la guérir, priez Dieu, mon enfant... sa puissance est infinie.

JANOT NIGUEDOUILLE

Et s'il ne lui plaît pas?...

PANURGE

Ça n'a pas d'importance... Elle restera tout aussi muette qu'avant...

JANOT NIGUEDOUILLE, hébété.

Ah!... c'est tout... ce que vous trouvez... à me dire...

(1) Pantagruel, *liv. III, chap. XXX.*

PANURGE

Voilà !...

Panurge et Hippothadée tirent une grande révérence à Janot qui demeure bouche bée un instant et lâche la main de sa femme. Panurge s'empare de cette main et cherche à tirer Madelon à l'écart.

JANOT NIGUEDOUILLE, s'apercevant du manège de Panurge.

Hola ! camarade, pas si vite... Attendez que nous prenions consultation de ces autres messieurs... (Montrant Hippothadée qui s'est retiré en arrière.) Celui-ci est confit en patenôtres et dévotion... Je le crois stupide et incapable de me bien répondre utilement.

PANURGE, revenant consulter les savants.

Vous pouvez en être sûr... Suivons, messieurs, *suivons !... Le saint Hippothadée parle d'or, mais je crois qu'avec lui nous sommes descendus au puits ténébreux où, comme le dit Héraclite, la vérité est cachée. Je n'y vois goutte, je n'entends rien... je sens mes sens tout hébétés et je n'ai pas lieu d'être content...* (S'adressant à Trouillogan.) *Je parlerai d'autre style. Notre dévoué, ne bougez de là... or ça, de par Dieu, me dois-je marier ?...*

TROUILLOGAN

Il y a de l'apparence...

PANURGE

Et si je ne me marie point ?

TROUILLOGAN

Je n'y vois aucun inconvénient...

PANURGE

Vous n'en voyez aucun ?

TROUILLOGAN

Nul ou la vue me trompe.

PANURGE

J'en trouve plus de cinq cents.

TROUILLOGAN

Comptez-les.

PANURGE

Je m'exprime mal, en prenant un nombre certain pour l'incertain, déterminé pour l'indéterminé, c'est-à-dire beaucoup.

TROUILLOGAN

J'écoute.

PANURGE

Je ne peux me passer de femme, par tous les diables !

TROUILLOGAN

Otez ces vilaines bêtes !...

PANURGE

De par Dieu, et suivant le dicton des Salmigondinois : « Coucher seul et sans femme, c'est vivre en brute *». Didon le disait aussi dans ses lamentations.*

TROUILLOGAN

A vos ordres.

PANURGE

Par la tête Dieu, j'en suis heureux. Donc, me marierai-je ?

TROUILLOGAN

Il se pourrait.

PANURGE

M'en trouverai-je bien ?

TROUILLOGAN

Selon la rencontre.

PANURGE

Aussi... Si je rencontre bien, comme j'espère, serai-je heureux ?

TROUILLOGAN

Assez.

PANURGE

Tournons à rebrousse-poil. Et si je rencontre mal ?

TROUILLOGAN

Je m'en excuse.

PANURGE

Mais conseillez-moi, de grâce que dois-je faire ?

TROUILLOGAN

Ce que vous voudrez.

PANURGE

Tarabin, tarabas.

TROUILLOGAN

N'invoquez rien, je vous prie...

PANURGE

Par le nom de Dieu, qu'il en soit ainsi... Je ne veux rien, sinon ce que vous me conseillez, que me conseillez-vous ?

TROUILLOGAN

Rien.

PANURGE

Me dois-je marier ?

TROUILLOGAN

Je n'y étais pas ?

PANURGE

Je ne me marierai donc point ?

TROUILLOGAN

Je n'en peux mais.

PANURGE

Si je ne suis marié, ne serai-je jamais cornu...

TROUILLOGAN

J'y pensais.

PANURGE

Mettons le cas que je sois marié ?...

TROUILLOGAN

Je suis d'ailleurs empêché.

PANURGE

Crotte en mon nez, Dea, si j'osasse jurer quelque petit coup, cela me soulagerait d'autant. Mais non, patience... Et donc si je suis marié je serai cornu...

TROUILLOGAN

On le disait.

PANURGE

Si ma femme est prude et chaste, ne serai-je jamais cornu ?

TROUILLOGAN

Vous me semblez parler correct.

PANURGE

Ecoutez.

TROUILLOGAN

Tant que vous voudrez.

PANURGE

Sera-t-elle prude et chaste ? Reste ce seul point...

TROUILLOGAN

J'en doute...

PANURGE

Vous ne la vîtes jamais ?

TROUILLOGAN

Que je sache...

PANURGE

Pourquoi donc doutez-vous d'une chose que vous connaissez ?

TROUILLOGAN

Pour cause.

PANURGE

Et si vous la connaissiez ?

TROUILLOGAN

Encore plus.

PANURGE, à un page.

Page, mon mignon, tiens ici mon bonnet, je te le donne, sauve les lunettes et va près d'ici jurer une petite demi-heure pour moi. Je jurerai pour toi quand tu voudras. (A Trouillogan.) *Mais qui me fera cornu ?*

TROUILLOGAN

Quelqu'un.

PANURGE

Par le ventre bœuf de bois, je vous frotterai bien, monsieur le quelqu'un !

TROUILLOGAN

Vous le dites.

PANURGE

Le diantre, celui qui n'a pas de blanc dans l'œil, m'emporte avec lui si je ne boucle ma femme à la bergamasque quand je partirai hors de mon sérail.

TROUILLOGAN

Discourez mieux.

PANURGE

C'est bien pesé, vendu, *pour les discours. Prenons quelque résolution.*

TROUILLOGAN

Je n'y contredis.

PANURGE

Attendez. Puisqu'en cet endroit je ne peux vous tirer une goutte de sang, je vous saignerai par une autre veine. Etes-vous marié ou non ?

TROUILLOGAN

Ni l'un, ni l'autre, et tous les deux ensemble.

PANURGE

Dieu nous soit en aide. Je sue comme un bœuf à l'agonie..., et sens ma digestion interrompue... Toutes mes jugeottes, comprenoires et divinations sont suspendues et tendues pour encornifistibuler en la gibecière de mon entendement ce que vous dites et répondez.

TROUILLOGAN

Je ne m'y oppose pas.

PANURGE

Voyons, d'abord, mon cher, êtes-vous marié ?

TROUILLOGAN

C'est mon avis.

PANURGE

Vous en trouvâtes-vous bien la première fois ?

TROUILLOGAN

Il n'est pas impossible.

JANOT NIGUEDOUILLE

Décidément, je n'y vois goutte... C'est la bouteille à l'encre.

PANURGE

A cette seconde fois, comment vous en trouvez-vous ?

TROUILLOGAN

Comme le comporte la fatalité (1).

JANOT NIGUEDOUILLE

Permettez, messieurs, me voici marié, et mal marié. Ma femme Madelon ne dit rien, elle est muette. Je suis bien malheureux.

TROUILLOGAN

Je veux bien vous croire.

JANOT NIGUEDOUILLE

Connaissez-vous un remède à cela, Monsieur Trouillogan ?

TROUILLOGAN

Je pourrais vous répondre par l'affirmative.

JANOT NIGUEDOUILLE

Est-ce guérissable ?

TROUILLOGAN

On le dit...

(1) Pantagruel, *liv. III, chap. XXXVI.*

JANOT NIGUEDOUILLE

Que dois-je faire ?

TROUILLOGAN

Je n'osais vous le demander.

FRÈRE JEAN DES ENTOMMEUSES, se levant.

Loué soit le bon Dieu en toutes choses. A ce que je vois le monde est devenu beau fils depuis que j'ai fait mes dents. En sommes-nous là ! Voici donc nos philosophes entrés dans le système et l'école des pyrrhoniens, aporhétiques, sceptiques et éphectiques. Loué soit le bon Dieu ! vraiment on pourra désormais pendre les lions par leurs crinières, les chevaux par leurs crins, les bœufs par les cornes, les buffles par le museau, les loups par la queue, les chèvres par la barbe, les oiseaux par le pied, mais ça, de tels philosophes ne sont jamais pris par leurs paroles. Adieu, mes bons amis (1).

PANURGE

Demeure, frère Jean. Reste avec nous. Ecoute ces autres-ci.

JANOT NIGUEDOUILLE

Me voilà plus embarrassé que jamais. Que faire, Monsieur Panurge?

PANURGE

Silence... Silence... Ecoutons ça le savantissime et docte Bridoye.

PANTAGRUEL

A vous, juge Bridoye. (Bridoye s'avance.) Je veux vous entendre. (A sa cour.) *Il y a plus de quarante ans qu'il est juge de Fonsbéton et pendant ce laps de temps il a donné plus de quatre mille sentences définitives. De deux mille trois cent neuf sentences par lui rendues, il fut appelé par les parties condamnées en la cour souveraine du parlement Myrelingeois, en Myrelingue. Toutes furent ratifiées, approuvées et confirmées par de solides arrêts, et les appels ont été mis à néant. Il a vécu si saintement que l'État ne pourrait se passer de lui sans quelque désastre.* Avancez Bridoye.

(1) Pantagruel, liv. *III, chap. XXXVI.*

BRIDOYE, bégayant.

Je... je... je... suis... à... vos... vos... vos... ordres.

JANOT NIGUEDOUILLE

Comme il bégaie !

PANURGE, doctement.

Plus la justice est lente à se produire et meilleurs sont les arrêts qu'elle rend...

BRIDOYE, criant.

Pa... pa... parlez fort... j'en... j'en... j'entends dur.

PANURGE

Il entendra moins les sollicitations des parties, ce qui n'en vaut que mieux.

JANOT NIGUEDOUILLE, admiratif.

L'excellent homme !

PANURGE et JANOT NIGUEDOUILLE, ensemble.

Me dois-je marier ?... Comment guérir ma femme ?

BRIDOYE

Ay... ay... ayons de la mé... mé... thode... L'un... a... a... près l'autre... (A Panurge.) Pa... pa... parlez d'abord.

PANURGE

Papa ?... Plus tard, si je me marie... La question est là.

BRIDOYE

L'a... l'a... ffaire est... est... elle en é... en é... tat... tat... d'être jugée... Vo... vo... tre... procédure est... t... elle... t-elle... ré... ré... régulière.

PANURGE

Au diable, votre procédure... Je présente une requête à bref délai...

dispensez-moi de toute enquête, instruction préalable, exception d'incompétence, expertise... Me dois-je marier, oui ou non?...

JANOT NIGUEDOUILLE

Comment guérirai-je ma femme ?

BRIDOYE

A... a... avez-vous porté vo... votre affaire... au rô... rôle ?

JANOT NIGUEDOUILLE

Que dit-il là ?... Monsieur Panurge...

PANURGE

N'en ayez point souci. C'est une habitude... une folie spéciale. Tout doit être fait suivant une règle bizarre et incompréhensible à laquelle vous ne devineriez rien. Graissez-lui la patte et répétez votre question: Parlez haut.

JANOT NIGUEDOUILLE. donnant de l'argent à Bridoye.

Guérirai-je ma femme?

PANURGE

Me marierai-je ?...

BRIDOYE

Les... dé... dé... dé...

PANURGE, tendant ses dés.

Voici.

BRIDOYE, prenant les dés.

Me... Merci... Les dé... dé... dé...

PANURGE, impatienté.

Vous les avez...

7

BRIDOYE, furieux.

Les dé... dé... débats sont clos !

PANURGE

A quand le jugement ?

JANOT NIGUEDOUILLE

A quand l'arrêt ?

BRIDOYE

Tout... tout... tout... de suite.
Il s'assied sur le sol et jette les dés.
Vo... votre affaire... Pa... pa... Panurge.

PANURGE

Hein... qu'est-ce que vous faites là ?

PANTAGRUEL, éclatant de rire.

Il juge à sa manière, et c'est à savoir suivant le sort des dés.

CARPALIM

Plaisante façon de rendre la justice...

JANOT NIGUEDOUILLE

Ça ne me dit rien qui vaille.

PANURGE

Il se moque de nous.

PANTAGRUEL

Et ! non. Pourquoi vous en surprendre. Vous avez voulu obtenir un prompt et décisif jugement et, par amour de vous, Bridoye a renoncé à sa lenteur accoutumée. S'il vous avait fait attendre, et si les moyens qu'il emploie vous avaient été tenus cachés, en auriez-vous été mieux ou plus mal jugés. L'attente vous eût disposés à douter du succès de votre cause ; les informations, exploits, écritures, rôles, conclusions, citations, assignations, réassignations, constats et autres écrivasseries de la même farine eûssent usé votre patience et vous eûssent préparé à la sentence définitive qu'il eût recueillie sur un coup de dés. Il procède en saine et bonne justice humaine et vaut mieux que votre dédain. En Bridoye, ce juge éminent, *je reconnais plusieurs qualités par lesquelles il me semble mériter le pardon de ce qui s'est passé tout à l'heure. Premièrement, sa vieillesse ; secondement, sa sottise ; et vous leur pardonnerez d'autant plus aisément qu'elles se comprennent et s'excusent mieux que les grimoires injustes et absurdes de notre droit et de nos lois. Enfin, je remarque ceci en faveur de Bridoye que sa manière d'agir, si absurde et fautive qu'elle soit, disparaît, s'éteint et s'abolit dans la mer immense des équitables sentences qu'il a prononcées dans le passé. S'il m'arrivait de jeter une goutte d'eau de mer dans la Loire, personne ne sentirait cette unique goutte et nul ne dirait que l'eau de Loire est salée.*

Renoncez à consulter Bridoye si le cœur vous en dit, mais ne le blâmez pas d'avoir conservé ses habitudes anciennes lorsqu'il a dû solutionner les délicates questions qui lui étaient soumises.

PANURGE

Au diable, le chat fourré ! Qu'il s'en aille et qu'on ne me parle plus de lui.

JANOT NIGUEDOUILLE

Voilà bien du temps de perdu à des fadaises et ma pauvre femme est toujours muette.

BRIDOYE

Mes... é... é... pices... me paiera-t-on mes frais... frais... de ju... ju... jugement ?

PANURGE, menaçant.

Avec Martin-Bâton...

BRIDOYE

La rou... route est longue et j'ai... j'ai soif... et faim...

PANURGE

Ça, menez-le aux cuisines, qu'il mange et boive à en crever.

Bridoye sort accompagné d'un page.

JANOT NIGUEDOUILLE, désolé.

Et moi qui lui donnais mon pauvre argent !

PANURGE

Qu'importe ! Suivons, mon compère, *suivons*... Ça, Triboulet, mon plaisant fol, viens t'en ici...

Triboulet s'avance en dansant.

PANTAGRUEL

Tu veux l'entendre ?

PANURGE

Par mon âme, je le veux. Il m'est avis que le boyau m'élargit ; je l'avais naguère bien serré et constipé. Mais ainsi, comme avons choisi la fine crème de sagesse pour conseil, aussi voudrais-je qu'en notre consultation présidât quelqu'un qui fut fol en degré souverain.

PANTAGRUEL

Triboulet me semble compétentement fol.

PANURGE

Proprement et totalement.

PANTAGRUEL

S'il y avait une raison pour qu'à Rome, on appelât Quirinales la fête des fous, on pourrait justement en France les appeler Tribouletinales.

PANURGE

Si tous les fous portaient croupières, il y aurait des fesses bien écorchées.

PANTAGRUEL

Si tous mes fous allaient l'amble, quoiqu'il ait les jambes tortues, il les passerait d'une grande toise. Nous aurons de lui un bel avis, je m'y attends (1).

PANURGE

Gentil fol de Blois, parle et dis moi... Me dois-je marier?... Et d'abord, tiens, mon ami, laisse-moi te faire un petit présent.

Il prend des mains d'un page et donne à Triboulet ce qui suit :

Panurge lui donna une vessie de porc bien enflée et résonnante, à cause des pois qui dedans étaient, plus une épée de bois bien dorée, plus une petite gibecière faite d'une coque de tortue, plus une bouteille clissée, pleine de vin breton et un quarteron de pommes blandureau. (Pantagruel, liv. III, chap. XLV.)

CARPALIM

Comment est-il fou, comme un chou à pommes ?

Triboulet ceint l'épée et la gibecière, prend la vessie en main, mange quart des pommes, boit tout le vin.

PANURGE, le regardant curieusement.

Je n'ai jamais vu aussi fou et pourtant j'en ai vu pour plus de dix mille francs... fou qui but aussi volontiers et à si longs traits... Mais ça, fol, dis-moi, me dois-je marier ?

JANOT NIGUEDOUILLE

Guérirai-je ma femme ?

Triboulet s'approche de Panurge, lui baille un grand coup de poing entre les deux épaules, lui rend en mains la bouteille, le nasarde avec la vessie de porc et lui dit, branlant bien fort la tête.

TRIBOULET, à Panurge.

Par Dieu, Dieu, fol enragé, gare moine, cornemuse de Buzançais.

Il s'éloigne de la compagnie et joue de la vessie, se délectant au mélodieux son des pois.

(1) Pantagruel, liv. III, chap. XXXVIII.

PANURGE

Du diable si j'y saisis quelque chose... Je suis moulu de son coup de poing... Voyons, fol, explique-toi !

Triboulet s'approche de Panurge et *le frappe de son épée.*

TROUILLOGAN. — Je veux bien vous croire. *(p. 30.)*

PANURGE

Me voici bien avancé... *Voilà une bonne résolution... Il est bien fou, cela n'est pas à nier ?... mais aussi fou est celui qui me l'amena ; et fou aussi celui qui lui a donné cet ordre.*

CARPALIM, riant.

C'est bien moi qui reçois en pleine figure.

JANOT NIGUEDOUILLE

Et à moi, que me dites-vous, Triboulet ? Ma femme est muette... La guérirai-je jamais et m'en trouverai-je bien ?

Triboulet s'approche de Janot, lui tire la langue et remue les lèvres comme s'il parlait. En même temps, il enfonce un doigt de chacune de ses mains dans les oreilles de Janot.

JANOT NIGUEDOUILLE

Hola, hola... monsieur le fou... vous me faites mal... j'ai le tympan crevé...

Triboulet s'éloigne en dansant et en agitant sa vessie.

PANURGE

Que signifie cela ?...

PANTAGRUEL

Sans nous émouvoir, considérons ses gestes et ses dits... Avez-vous considéré comment sa tête s'est croulée et ébranlée avant qu'il ouvrit la bouche pour parler. Par la doctrine des antiques philosophes, par les cérémonies des mages et observations des jurisconsultes, vous pouvez juger que ce mouvement était suscité par la venue et l'inspiration de l'esprit fatidique, qui brusquement entrait dans la débile et petite substance cérébrale de Triboulet. Il dit que vous êtes fou, et quel fou ? Fou enragé qui sur vos vieux jours voulez vous lier et vous asservir en mariage. Il vous dit : gare moine... Sur mon honneur, c'est par quelque moine que vous serez cornu... Ce noble Triboulet le dit... Et votre cornuage sera infâme et grandement scandaleux. Il dit que vous serez la cornemuse de Buzançais, c'est-à-dire bien corné, cornard et cornemusard.

PANURGE

Je vous remercie de la prophétie.

PANTAGRUEL

Notez, en outre, que de la vessie, il vous nasardait et qu'il vous donna un coup de poing sur l'échine. Cela présage que vous serez par elle battu, nasardé et volé comme vous aviez dérobé cette vessie aux petits-enfants de Vaubreton.

PANURGE

Ouais... Je ne vois point cela... Il dit à ma femme : gare au moine. C'est un moineau qu'elle aura en délices, comme celui qu'avait la Lesbie de Catulle. Il dit aussi qu'elle sera rustique comme une belle cornemuse de Saulieu ou de Buzançais. Le véridique Triboulet ne s'est pas trompé sur mon naturel et sur mes préférences, car je vous certifie que les gaies bergerettes qui fleurent bon le serpollet me plaisent mieux que les dames des grandes cours avec leurs riches atours et leurs parfums de benjoint. Plus me plaît le son de la rustique cornemuse que les fredonnements de luths, rebecs et violons auliques. Il m'a donné un coup de poing sur ma bonne femme d'échine. Pour l'amour de Dieu, il ne ne me faisait pas mal. Il pensait frapper quelque page. Il est fou, mais fou de bien... Innocent, je vous le jure, et c'est un péché que de lui prêter de mauvaises intentions. Je lui pardonne de bien bon cœur. Il me nasardait. Ce seront de petites folâtreries entre ma femme et moi, comme cela arrive à tous les jeunes mariés.

JANOT NIGUEDOUILLE, à Pantagruel.

Et moi... et moi ?... Que signifie cette introduction de ses doigts dans mes oreilles, cette langue tirée et ces lèvres qui marmottent des paroles sans fin ?

PANTAGRUEL

Patience, l'ami.

PANURGE

Il m'a rendu la bouteille... Qu'est-ce à dire ?

PANTAGRUEL

Par aventure, cela signifie que votre femme sera ivrogne.

PANURGE

Grand merci... (Un temps.) Hé, non ! *Au rebours, car la bouteille était vide. Il me renvoie à la bouteille* qui m'est chère.

PANTAGRUEL

Volontiers. (A Janot.) Pour vous, mon compère, l'oracle était plus clair. Il vous disait que votre femme a la langue longue et bien pendue et qu'elle grille du désir de parler sans cesse, hors de propos, pour ne rien dire. Si vous la guérissez, elle se chargera de vous étourdir, de vous crever les oreilles et vous serez le mari le plus marry qui jamais n'exista...

JANOT NIGUEDOUILLE

Oh ! oh ! vous n'êtes pas rassurant. Je n'avais pas compris cela. Pour moi, le fou disait que j'aurais grandes délices à voir la belle langue de Madelon s'agiter entre ses lèvres. Je l'aimerai voir cette langue bien pendue et bien alerte lorsqu'elle me baisera et m'amignottera. C'est elle qui me dira que je suis l'homme le mieux aimé, le plus choyé de la création... Grâce à elle, je ne voudrai plus ouvrir l'oreille à quelque bruit que ce soit qui ne me vienne de la jolie bouche de ma femme. Elle m'appellera son oiseau bleu, son trésor, son poulet, son petit chien...

FRÈRE JEAN DES ENTOMMEURES

Ce qui n'empêchera personne de se gausser de vous comme de l'être le plus cornu de la création.

JANOT NIGUEDOUILLE

Vous me la bâillez belle, mon saint père. Cornu, je ne le serai toujours pas par un papimane de votre espèce...

FRÈRE JEAN DES ENTOMMEURES

Voire, ne dites pas : « Je ne boirai pas de ton eau... »

PANURGE

Tout beau, frère Jean, mon ami !... J'ai retenu madame pour la première contredanse !...

JANOT NIGUEDOUILLE

Soyez sûrs, Messieurs, que d'autres que moi paieront les violons. Pas vrai, femme?

Madelon rit aux éclats. Panurge et sa cour de même.

EPISTEMON

Panurge et vous, Janot, voyez toutefois ce que vous ferez. Voici, venu de l'Ile-Bouchard, le savant Her Trippa. Vous savez comment par art d'astrologie, géomantie, chiromancie et autres de pareille farine, il prédit toutes choses futures ; conférons de vos affaires avec lui.

PANURGE, bas à Epistemon et frère Jean des Entommeures.

De cela je ne sais rien. Je sais bien qu'un jour il parlait au roi de choses célestes et transcendantes et que les laquais de cour, par les degrés, entre les portes, saboulaient à plaisir sa femme qui est assez bellâtre. Lui, voyait toutes choses éthérées et terrestres, sans besicles, discourait de tous cas passés et présents, prédisait tout l'avenir ; seulement ne voyait pas sa femme gigotter. Il n'en sut jamais la nouvelle. (Ils rient, puis Panurge poursuit à haute voix.) Qu'il vienne, *puisque vous le voulez. On ne saurait trop apprendre.*

JANOT NIGUEDOUILLE, s'approchant d'Her Trippa.

Monsieur l'astrologue, c'est pour ma femme...

PANURGE, tirant Janot brusquement, manque le faire choir, lui dit.

Après nous, s'il vous plaît. Chacun son tour. (A Her Trippa.) Un seul mot : *Me dois-je marier?*

JANOT NIGUEDOUILLE

Guérirai-je ma femme?

HER TRIPPA, à Panurge.

A vous, d'abord. (Regardant Panurge fixement.) *Tu as la métaposcopie et physionomie d'un cornu. Je dis cornu scandalisé et diffamé.*

PANURGE, avec une révérence.

On ne saurait être plus gracieux.

HER TRIPPA, lui prenant la main.

Ce faux trait que je vois ici, au-dessus du mont de Jupiter, ne fut jamais qu'en la main d'un cornu.

PANURGE, avec un nouveau salut.

Cela va bien.

HER TRIPPA

Plus vraie n'est la vérité qu'il est certain que tu seras cornu, peu après ton mariage. Voyons l'horoscope de ta naissance. Donne ton nom, la date de ta naissance...

Panurge lui tend une feuille de papier où il griffonne son nom, le jour de sa naissance, etc. Her Trippa fait de grands signes dans l'espace et regarde longuement le ciel.

PANURGE, le retenant par sa robe.

Ne vous envolez pas, docteur... Vous êtes de si bonne compagnie.

HER TRIPPA

Voilà qui est fait et *votre maison du ciel est bâtie en toutes ses parties.* (Il pousse un gros soupir.) *J'avais déjà prédit savamment que tu serais cornu et tu n'y pouvais manquer... A présent, je trouve ici d'abondantes preuves nouvelles. Bien mieux, tu seras battu par ta femme et par elle volé ! car je trouve dans la septième maison les apparences malignes et l'arsenal des signes cornus, comme Ariès, le Taureau, Capricorne et autres... En la quatrième, je trouve...*

PANURGE

Assez, assez, vous me rompez les oreilles. *Je serai tes fortes fièvres quartaines, vieux fou déplaisant que tu es. Quand tous les cornus s'assembleront, tu porteras la bannière.*

Il fait de ses doigts deux cornes qu'il tend vers Her Trippa.

HER TRIPPA

Voulez-vous avoir de plus amples renseignements par la pyromantie, par l'eromantie, par l'hydromantie, célébrée par Aristophane en ses Nuées, par la canomantie. Dans un bassin, je te montrerai ta future femme gigottant avec deux rustres...

PANURGE

Quand tu me mettras le nez au derrière, souviens-toi d'ôter tes lunettes.

JANOT NIGUEDOUILLE

Et moi, mon bon Monsieur, et moi !

HER TRIPPA

Toi aussi, tu le seras... Cornu, cornu, comme ton compère. Et veux-tu t'en assurer...

JANOT NIGUEDOUILLE

Moi aussi... moi aussi... que je suis malheureux... ce n'est pas vrai... c'est impossible... Femme... femme... si tu pouvais lui répondre...

HER TRIPPA

Cornu... cornu... cornu par *catoptromantie,* cornu par *coscinomantie,* cornu par *alphitomantie,* par *aleuromantie,* par *astragalomantie,* par *tyromantie, gyromantie, sternomantie, libanomantie, gastromantie, cephaleonomantie, capnomantie.*

JANOT NIGUEDOUILLE

Au secours, je me meurs !

Il tombe à la renverse. Frère Jean des Entommeures et Epistemon lui prodiguent leurs soins et notamment lui font boire un bon coup de vin.

HER TRIPPA, à Panurge.

Cornu par *axinomantie, onymantie, téphramantie, sycomantie, ichtyomantie, chœronomantie.*

PANURGE

Zut !

HER TRIPPA

Cleromantie, anthropomantie, stychomantie, onomantie, comment t'appelles-tu ?

PANURGE

Mâchecrotte.

HER TRIPPA

... par alectryomantie, nécromantie...

PANURGE, posant sa main sur la bouche d'Her Trippa.

Tais-toi, tais-toi... *A trente diables, sois-tu cocu, cornu, devin et sorcier... Au diable, enchanteur de l'Antéchrist... Je me repens assez de l'avoir fait venir... Je donnerais volontiers cent nobles et quatorze roturiers, à la condition que celui qui jadis soufflait au fond de mes chausses, t'enluminât actuellement les moustaches de son crachat...* (Il pousse Her Trippa hors de scène.) *Vrai Dieu, comme il m'a parfumé de fâcherie et de diablerie, de charme et sorcellerie !... Le diable le puisse emporter... Dites amen et allons boire... Je ne ferai bonne chère de deux, non pas de quatre jours* (1). (A Janot.) Et toi, pauvre baudet, reviens-tu à la vie ?

Cocu par catoptromantie

JANOT NIGUEDOUILLE

Je reviens de bien loin (Faisant tourner ses mains en l'air.) diableromantie, sorcieromantie, abrutomantie... Quelles scies... J'en ai la tête en déconfiture...

PANTAGRUEL, à Rondibilis.

Docteur, sauvez ce pauvre diable...

RONDIBILIS

Volontiers, sire.

(1) Pantagruel, *liv. III, chap. XXV.*

JANOT NIGUEDOUILLE, se levant.

C'est vous le docteur Rondibilis?

RONDIBILIS

Oui, certes...

JANOT NIGUEDOUILLE

Ah! monsieur, comme je suis aise de vous rencontrer...

PANURGE, retenant Janot, même jeu que précédemment.

Permets... permets... Suivons, messieurs. Docteur, à vous. *Monsieur notre maître Rondibilis, dépêchez-moi. Me dois-je marier ou non ?...*

RONDIBILIS

Par l'amble de mon mulet, je ne sais que je doive répondre à ce problème. Vous dites que vous sentez en vous les aiguillons de sensualité. Je trouve en notre faculté de médecine (et nous le tenons de l'affirmation des anciens platoniques) que la concupiscence charnelle est réfrénée par cinq moyens. Par le vin...

JANOT NIGUEDOUILLE, admiratif.

Comme il parle bien...

FRÈRE JEAN DES ENTOMMEURES

Je le crois. Quand je suis bien ivre, je ne demande qu'à dormir.

RONDIBILIS

J'entends par le vin pris par intempérance. Car par l'intempérance du vin advient au corps humain refroidissement du sang, résolution des nerfs, dissipation de la semence germinative, hébétude des sens, perversion des mouvements ; toutes choses incontinentes à l'acte que vous savez...

JANOT NIGUEDOUILLE, même jeu qu'en dernier.

Le savant homme !

RONDIBILIS

Secondement, par certaines drogues et plantes, qui rendent l'homme refroidi, maléficié et impuissant.

JANOT NIGUEDOUILLE, naïf.

Je n'ai pas besoin de ces drogues.

. PANURGE

Je m'en doutais...

RONDIBILIS

L'expérience a été faite avec des nymphéas, héraclia, amerina, saule, chénevis, perichmenos...

PANURGE

Passons.

RONDIBILIS

Au contraire, nous avons d'autres médicaments qui échauffent, excitent, préparent...

PANURGE

Je n'en ai pas besoin, Dieu merci. (A Janot Niguedouille.) *Et vous, notre maître?... Ne vous déplaise toutefois ce que je vous en dis, ce n'est pas que je vous veuille du mal...*

JANOT NIGUEDOUILLE, à Panurge.

Je me passerai de vos conseils. (A Rondibilis.) Notre maître, vous me direz ce secret.

PANURGE

Passons.

RONDIBILIS

Troisièmement, par le travail assidu, car...

PANURGE

Passons, je vous en prie, passons. Je n'entends point cette cloche.

RONDIBILIS

Quatrièmement, par l'étude fervente, car...

PANURGE

Que me dites-vous là. Grand Dieu, passons.

RONDIBILIS

Cinquièmement, par l'usage de ce que vous savez, comme vous savez...

PANURGE

Oh! oh! Je vous attendais là et je le prends pour moi. Use des précédents qui voudra.

FRÈRE JEAN DES ENTOMMEURES

C'est aussi ce que je ferai et c'est ce que j'entends par macération de la chair.

RONDIBILIS

Je vois Panurge bien proportionné en ses membres, bien tempéré en ses humeurs, bien complexionné en ses esprits, en âge compétent, en temps opportun, en vouloir équitable de se marier... S'il rencontre femme de semblable température, ils engendreront ensemble enfants dignes de quelque monarchie d'outremer. Le plus tôt sera le meilleur, s'il veut voir ses enfants placés.

PANURGE

Monsieur notre maître, je le ferai, n'en doutez et bientôt. Durant votre docte discours, cette puce que j'ai à l'oreille m'a plus chatouillé que jamais. Je vous retiens de la fête. Nous y ferons chère lie et demie, je vous le promets. Vous y ámenerez votre femme, s'il vous plaît, avec ses voisines, cela s'entend. Ce sera charmant. Vous aussi, Janot, en serez avec madame votre épouse ; elle est accorte et aimable, votre épouse, et nous nous réjouirons ensemble.

Il chatouille le menton de Madelon.

JANOT NIGUEDOUILLE

Arrière, Monsieur, comme vous y allez. Gardez cela pour Mme Panurge.

PANURGE, à Rondibilis.

Mme Panurge... J'oubliais ! *Reste, docteur, un petit point à élucider. Serai-je point cornu ?*

RONDIBILIS

A d'autres, de grâce, que me demandez-vous ? Si vous serez cornu ! Mon ami, je suis marié, vous le serez aussi bientôt. Eh bien, écrivez ce mot dans votre cervelle, avec un stylet de fer, que tout homme marié est en danger de l'être. C'est un des naturels avantages du mariage. L'ombre ne suit pas plus naturellement le corps que les cornes n'accompagnent les gens mariés. Et quand vous entendrez dire : « Il est marié », dites-vous : « Il l'est donc, ou l'a été, ou le sera, ou le peut être ». Vous ne passerez pas pour un maladroit observateur des suites naturelles des choses.

PANURGE

Par la bile de tous les diables, que me dites-vous ?

JANOT NIGUEDOUILLE, se tordant de rire.

Il le sera... il le sera...

PANURGE, lui frappant le ventre.

Silence, donc... Grosse oie.

RONDIBILIS

Mon ami, méditez cette parole d'Hippocrate envoyant, un jour qu'il partait en voyage, sa femme chez ses père et mère, gens honorables et de bonne réputation. Il disait : *Je ne me défie ni de sa vertu, ni de sa chasteté, qui m'ont été démontrées jadis, mais elle est femme... toutes les femmes se valent...*

PANURGE, à Janot Niguedouille.

Même la tienne, Janot...

RONDIBILIS

Quand je parle femmes, je parle d'un sexe si fragile, si variable, si changeant, si inconstant, si imparfait, que la nature (tout honneur et tout respect gardés) me paraît s'être écartée du bon sens grâce auquel elle a créé et formé toutes choses, quand elle a bâti la femme (1).

JANOT NIGUEDOUILLE, à sa femme.

Ne l'écoute pas, Madelon, ce qu'il dit est horrible... Va-t'en plutôt te promener.

PANURGE, prenant le bras de Madelon.

Avec moi ?

JANOT NIGUEDOUILLE

Non, pas avec vous.

FRÈRE JEAN DES ENTOMMEURES

Avec moi ?

JANOT NIGUEDOUILLE

Non vraiment, pas encore avec vous... Vous n'avez pas encore assez bu.

RONDIBILIS, à Janot Niguedouille.

Je croyais que vous désiriez consultation relativement à votre femme ?

JANOT NIGUEDOUILLE

Oui-dà... J'en serai enchanté... Elle est muette et j'en suis désolé. Ne pourrais-je pas la guérir ? Je la crois un peu sourde.

RONDIBILIS

Il me la faudrait examiner.

JANOT NIGUEDOUILLE

Viens, Madelon, viens... Faites vite, Monsieur, et rendez-lui la parole.

(1) Pantagruel, *liv. III, chap. XXXII et XXXIII.*

RONDIBILIS

Ouvrez la bouche... Tirez la langue.

Madelon reste immobile.

JANOT NIGUEDOUILLE

Elle n'entend pas. Il faut lui faire comprendre.

Il ouvre la bouche et tire la langue.

Imite-moi, mon poulet, ma jolie petite chatte...

PANURGE, singeant Janot Niguedouille.

Imite-le... Vois, comme il fait joli, ton vieux barbon.

Il tire la langue.

FRÈRE JEAN DES ENTOMMEURES, même jeu.

Imite-le, comme il est gracieux, ton mulet...

Madelon éclate de rire.

RONDIBILIS

Messieurs, un peu de calme et de dignité. Nous ne sommes pas à la Fête des Fous...

Au bout de quelque temps, Madelon redevient sérieuse ; elle ouvre la bouche et Rondibilis l'examine. Pendant ce temps, Triboulet se rosse avec les pages. qu'il frappe à coups de vessie.

LES PAGES

Triboulet!... Triboulet!... Tri-bou-let!...

Ils font la ronde autour de Triboulet, de Rondibilis, de Madelon et Janot Niguedouille, sous les yeux de Pantagruel, Panurge, frère Jean des Entommeures, Epistemon, qui les encouragent de leurs rires.

PANTAGRUEL

Il suffit, pages. Laissez notre maître Rondibilis rendre sa sentence.

Les pages interrompent leur folies.

JANOT NIGUEDOUILLE

Guérirai-je ma femme ?

RONDIBILIS

Oui, certes, rien n'est plus facile et je puis moi-même lui rendre la parole, s'il vous convient. Il me suffira de lui faire une petite opération...

PANURGE

Je suis le premier en date.

PANTAGRUEL, d'un ton de reproche.

Panurge !

RONDIBILIS, montrant Madelon.

Il lui faut enlever l'encyliglotte et elle parlera.

JANOT NIGUEDOUILLE

Enlevez-la, docteur, enlevez-la !

PANURGE

Le triste macaque, il me dégoûte...

JANOT NIGUEDOUILLE

Opérez, docteur, opérez...

RONDIBILIS

Oh! que non... après manger et après boire. Les forces ne me suffisent plus à cette heure...

PANURGE

Bien dit, bien chanté, docteur. Je ne connais affaire plus urgente. Allons boire et nous verrons ensuite. Venez en notre maison, vous êtes notre ami.

Il s'approche de Rondibilis et lui met en la main quatre pièces d'or. Rondibilis les prend très bien puis lui dit en effroi comme indigné.

RONDIBILIS, à Panurge.

Hé, hé, hé... Monsieur, il ne fallait rien. Grand merci, toutefois. De

méchantes gens je ne prends rien. Rien jamais ne refuse de gens de bien. Je
suis toujours à vos ordres.

PANURGE

En payant ?

RONDIBILIS

Cela s'entend (1).

Il regarde Janot Niguedouille agenouillé auprès de Madelon et lui baisant les mains.

Allons boire !

JANOT NIGUEDOUILLE

Mon petit chou, mon pigeon joli, quel bonheur... Tu guériras, je te
sauverai...

RONDIBILIS, s'éloignant avec Pantagruel, sa suite et les savants.
A Janot Niguedouille.

A bientôt, mon ami.

PANURGE, pressant tous ceux qui le précèdent et entraînant Janot Niguedouille
et sa femme.

Allons boire !

Ils sortent.

RIDEAU

(1) Pantagruel, *liv. III, chap. XXXIV.*

ACTE SECOND

SCÈNE PREMIÈRE

JANOT NIGUEDOUILLE, RONDIBILIS

On entend dès le début de la scène un grand tumulte de verres choqués. Cris de joie dans la tente qui occupe le fond de la scène.

JANOT NIGUEDOUILLE

Comment cela va-t-il, notre maître, docteur ?

RONDIBILIS, rouge et soufflant.

Fort bien. *Nous avons but net et mangé salé* (1), choses convenables à tout homme de bien...

JANOT NIGUEDOUILLE

La chère fut selon vos souhaits ?

RONDIBILIS

Oui-dà. Nous avions *bonne munition de jambons de Mayence et de Bayonne, force langues de bœuf salé à la moutarde ; renfort de cochonnailles, provision de saucisses de Bigorre, de Longaulnay, de la Brenne et du Rouergue* (1). Joignez à cela quelques gentils services de grasses tripes et autres petits agréments... Ce fut bien... *Les tripes furent copieuses, vous m'entendez bien, et si friandes que chacun s'en léchait les doigts...* (1). Pour le boire, écoutez d'ici comme ils le boivent, tous ces bons compagnons... *tous bons buveurs et bons joueurs de quilles, oui-dà...* (1).

JANOT NIGUEDOUILLE

Ce sont eux qui mènent ce vacarme?

(1) Gargantua, *liv. III, chap. III et IV.*

RONDIBILIS

Certes, ce sont eux…

Ils écoutent les buveurs.

PREMIER BUVEUR. — *A boire, mon compère* (1).

DEUXIÈME BUVEUR. — *Tire, baille, tourne, brouille.*

TROISIÈME BUVEUR. — *Fouette-moi ce verre, galamment.*

FRÈRE JEAN DES ENTOMMEURES. — *Produis-moi du clairet, verre pleurant.*

CARPALIM. — *Trêve de soif.*

PANURGE. — *Ah ! fausse fièvre, ne t'en iras-tu pas…*

PREMIER BUVEUR. — *Ventre saint Quenet, parlons de boire…*

FRÈRE JEAN DES ENTOMMEURES. — *Je ne bois qu'en mon bréviaire, comme un bon petit père gardien.*

TROUILLOGAN. — *Qui fut premier, soif ou beuverie ?*

BRIDOYE. — *Bu… Bu… Buverie… car* privatio… prae… prae… praesupponit… ha… habitum. *Je suis clerc.* Fae… faecundi calices, quem non fecere disertum.

EPISTEMON. — *Nous autres innocents ne buvons que trop sans soif.*

FRÈRE JEAN DES ENTOMMEURES. — *Je ne suis pas pécheur sans soif, car sinon pour la présente, du moins pour la soif future… je bois d'avance… comme vous l'entendez.*

PANURGE. — *Je bois éternellement. Ce m'est éternité de buverie et buverie d'éternité. Chantons, buvons, un petit air de musique.*

FRÈRE JEAN DES ENTOMMEURES. — *Entonnons !* (Il chante.) *Ah ! ah ! ah !*

CARPALIM. — *Où est mon entonnoir… Quoi, je ne bois que par procuration ?*

EPISTEMON. — *Mouillez-vous pour sécher ou séchez-vous pour mouiller ?*

CARPALIM. — *Je n'entends point la rhétorique, de la pratique voilà mon affaire…*

FRÈRE JEAN DES ENTOMMEURES. — *Allez ! je mouille, j'humecte, je bois, et le tout de peur de mourir.*

PANURGE. — *Bois toujours, tu ne mourras jamais. Si je ne bois pas, je suis à sec. Me voilà mort. Mon âme s'enfuira dans quelque grenouillère. Jamais l'âme n'habite les endroits secs.*

RONDIBILIS. — *C'est un propos sensé.*

PANTAGRUEL, à pleine voix.

Sommeliers, ô créateurs de nouvelles formes, rendez-moi de non buvant : buvant. Qu'il y ait éternité d'arrosement dans mes nerveux et secs boyaux (2).

(1) Tout ce passage peut être supprimé à la représentation et remplacé par la *Chanson de Pantagruel.*

(2) Gargantua, *liv. I, chap. V.*

RONDIBILIS

Créateurs de nouvelles formes ! Voilà qui est dit... Allons boire.

JANOT NIGUEDOUILLE, le retenant.

Et ma femme, Monsieur, et ma femme, quand la guérirez-vous ?

RONDIBILIS

Tout à l'heure... après boire.

Il s'éloigne vers les buveurs.

JANOT NIGUEDOUILLE

Oh ! mon Dieu, que je suis malheureux... Oh ! seigneur, faites qu'il
ne boive pas trop et qu'il ne coupe à Madelon... dans la suite... quelque
chose d'irréparable.

Il s'assied mélancolique, la tête entre les mains.
Sous la tente les buveurs reprennent leurs propos.

PANURGE, empêchant Rondibilis d'entrer sous la tente.

Voilà notre docteur... notre Hippocrate... Qui de vous a sauvé le plus
de malades, dites-nous, docteur... d'un flacon de bon vin ou de votre
science ?

RONDIBILIS

Versez d'abord à boire. Je répondrai ensuite.

PANTAGRUEL, de l'intérieur.

Vous buvez bien, Messieurs.

PANURGE, répondant à Pantagruel.

Je ne bois pas plus qu'une éponge.

FRÈRE JEAN DES ENTOMMEURES. — *Je bois comme un templier* (1).
BRIDOYE. — *Et... je... je...* tan... tan... tanquam sponsus.
TROUILLOGAN. — *Et moi,* sicut terra sine aqua.
EPISTEMON. — *Un synonyme de jambon.*

(1) Ce passage peut être supprimé à la représentation.

CARPALIM. — *C'est un compulsoire de buvettes.*

EPISTEMON. — *C'est un poulain. Par le poulain on descend le vin en cave, par le jambon dans l'estomac...*

PANURGE

Or çà, à boire, à boire, çà... Il n'y a point charge (1).

SCENE II

Pendant que les buveurs ont tenu ces propos, Janot Niguedouille est allé chercher sa femme qu'il ramène avec une mine désolée.

JANOT NIGUEDOUILLE

Ma pauvre enfant, tu ne sais pas... Tu ne comprends pas ce qui va se passer... et moi-même, je peine à t'expliquer la résolution que j'ai prise. Peut-être souffriras-tu, Madelon... Ne m'en veux pas... Est-ce que ce n'est pas pour ton bonheur?... Cet instant difficile que tu connaîtras, sans doute te rendra la parole, la vie... Tu sentiras ta petite âme s'ouvrir aux joies de ce monde. Du courage, Madelon! (Elle rit.) Tu ris... Elle ne comprend pas... Et moi, pauvre homme, comment faire pour la renseigner sur mes projets? Regarde-moi, Madelon. (Il prend la tête de Madelon entre ses mains et la tourne vers lui, puis le doigt levé, annonce qu'elle doit lui accorder une très grande attention.) Suis-moi. Ce que je te dirai est extrêmement grave, ou plutôt, non!... je m'exprime mal... car je ne te dirai rien du tout. Tu ne m'entendrais pas.

Voici. Un médecin, un grand médecin, (Il imite avec force gestes le costume et essaie de faire comprendre ses explications par le mime.) un très grand médecin... celui qui t'a fait tirer la langue, (Il tire la langue.) a dit qu'il se chargeait de te guérir en te coupant quelque chose, là... sous la langue... Ce n'est rien... un tour de main... et c'est fait... Puis, te voilà guérie... (Madelon exprime sa joie par des applaudissements et des signes de satisfaction.) Chère enfant, tu m'as compris. J'en rends grâce aux dieux... Mais écoute, Madelon... En admettant que tu sois guérie... que tu parles... que tu... (Il remue les lèvres

---

(1) Gargantua, *liv. I, chap. V.*

avec vivacité.) eh bien, sur ce qu'il y a de plus sacré entre nous, (Il lui touche la poitrine et la sienne.) chut !... chut !... Il ne faut rien dire... chut... rien du tout... surtout devant eux... ceux-là que voici...

SCÈNE III

PANURGE, RONDIBILIS, FRÈRE JEAN DES ENTOMMEURES, EPISTEMON, CARPALIM
et les mêmes.

PANURGE, sautant au cou de Madelon et l'embrassant.

Eh ! bonjour, ma commère, comme j'ai de plaisir à vous retrouver après une si longue absence.

JANOT NIGUEDOUILLE, vexé, s'interposant.

Ne vous privez point, Monsieur... Comme vous y allez...

PANURGE

Je ne vous avais pas vu. Allez-vous-en. Vous êtes vilain.

JANOT NIGUEDOUILLE

J'ai bien le cœur à rire... Le jour où ma pauvre femme doit être opérée... le jour où peut-être sa vie est en jeu.

RONDIBILIS

Oh ! non... L'affaire n'est point si grave. Il me suffit de me servir d'un petit instrument que je possède et que je connais bien... Et crac !... voilà qui est fait... Votre femme vous est rendue dans l'état où vous la pouvez souhaiter.

Panurge parle bas à l'oreille de Janot Niguedouille.

RONDIBILIS

Il me suffit de servir d'un petit instrument.

 # PANTAGRUEL

JANOT NIGUEDOUILLE, à Panurge.

Allez ! vous êtes un grossier et un polisson, le docteur n'est pas homme à commettre de semblables indignités.

PANURGE

Hé ! hé !... Madelon, votre gentille Madelon, n'est pas si chétive perdrix qu'elle ne trouve buse pour ravir ce que je sais...

JANOT NIGUEDOUILLE, furieux.

Je vous dis qu'il lui rendra la parole et rien que cela...

PANURGE, se tournant vers Rondibilis.

Je le souhaite. A quand l'opération, Messieurs ?

RONDIBILIS

Dès maintenant, s'il vous plaît. Que Madame me suive.

Rondibilis prend la main de Madelon et l'emmène sous une tente. Janot Niguedouille se précipite sur les pas de sa femme. Rondibilis l'éloigne.

Pas vous, camarade, pas vous. Vous nous gêneriez... De telles opérations ne se font jamais sans un peu de sang versé, et c'est trop pénible à un mari de n'y pouvoir prêter la main... Demeurez, je vous prie.

JANOT NIGUEDOUILLE

Mais, docteur, je vais mourir d'inquiétude.

FRÈRE JEAN DES ENTOMMEURES

Je vous confesserai, compère...

JANOT NIGUEDOUILLE

Je pense bien à cela... (A Rondibilis.) Docteur, laissez-moi vous seconder dans votre opération.

RONDIBILIS, de l'intérieur de la tente.

Je me suffis et Madame serait importunée de votre présence.

EPISTEMON

Il faut vous armer de courage et rester là, Janot. Voulez-vous que je vous fasse lecture de quelques fragments du Manuel d'Epictète. Il conseille la sagesse et le courage dans l'adversité.

JANOT NIGUEDOUILLE

Je me soucie bien de vos épithètes.

CARPALIM

Vous proposerai-je une partie de dés, Janot ? Je vous jouerai le bonnet de Madelon en quelques points.

JANOT NIGUEDOUILLE

Elle n'a pas de bonnet. Je ne craindrais pas perdre.

CARPALIM

Raison de plus. Voulez-vous me jouer ce bonnet joli, qu'il me plairait tant de voir voleter au-dessus de mon moulin.

PANURGE, à Janot Niguedouille.

Remarquez qu'il n'a pas de moulin !

JANOT NIGUEDOUILLE

Vous m'assommez avec vos calembredaines auxquelles je ne comprends rien. La paix, la paix, vous dis-je !

PANURGE

C'est moi qui vais vous faire prendre votre mal en patience, Janot.

JANOT NIGUEDOUILLE

Je serais curieux de savoir comment !...

PANURGE

En vous racontant par aventure une histoire, en vous proposant quelque parabole de ma façon...

JANOT NIGUEDOUILLE

(Bas.) Que me veut-il encore avec ses paraboles. (Haut.) Je vous écoute, Monsieur Panurge, mais je vous en supplie, ne cherchez pas à rire de mon affliction... L'heure est trop grave pour ma femme et pour moi, ne vous amusez pas à vouloir arracher des rires à un pauvre homme qui a plutôt envie de pleurer.

PANURGE

Et c'est là, où tu as tort, Janot. T'offrirai-je le remède cher à notre respecté et vénéré roi Gargantua. *S'il advenait qu'il fut dépité, courroucé, fâché ou marry, je ne dis pas pire, s'il trépignait, s'il pleurait, s'il criait : lui apportant à boire on le remettait en nature et soudain il restait coi et joyeux* (1). Veux-tu boire, Janot, et noyer tes peines ?

JANOT NIGUEDOUILLE

Grand merci, mon bon Monsieur.

FRÈRE JEAN DES ENTOMMEURES

Vous avez tort. C'est la règle suivie en notre Abbaye de Thélème et nous nous en trouvons fort bien.

PANURGE

Silence, frère Jean, *ôtez cette roupie qui vous pend au nez.*

FRÈRE JEAN DES ENTOMMEURES, tenant son nez.

Ha ! ha ! Serai-je en danger de me noyer, vu que je suis dans l'eau jusqu'au nez... Non... non !...

CARPALIM

Pourquoi ?...

FRÈRE JEAN DES ENTOMMEURES, même jeu.

Parce que :

(1) Gargantua, *liv. I, chap. VII.*

Elle en sort bien, mais point n'y entre ;
car il est bien soigné de pampre.

Or, mon ami, celui qui aurait des bottes d'hiver de tel cuir, hardiment pourrait pêcher des huîtres, car ses pieds ne prendraient pas l'eau.

JANOT NIGUEDOUILLE, à Panurge.

Pourquoi est-ce que le frère Jean a si beau nez ?

PANURGE

C'est qu'il fut le premier à la foire des nez... Il prit parmi les plus beaux et les plus grands.

FRÈRE JEAN DES ENTOMMEURES

Hein, que dites-vous ?... C'est que ma nourrice avait les tétons mollets. En les tétant mon nez y enfonçait comme dans du beurre et là, s'allongeait et croissait comme pâte en maie. Les durs tétons de nourrices font les enfants camus. Voilà (1).

PANURGE, à Janot Niguedouille.

Vous ne vous en doutiez pas ?

JANOT NIGUEDOUILLE, ébahi

Ma foi non, Monsieur.

FRÈRE JEAN DES ENTOMMEURES

C'est que ma nourrice avait les tétons mollets.

PANURGE

C'est un homme de bien grand savoir, sauf qu'il a des idées étranges sur les femmes.

(1) Gargantua, *liv. I, chap. XII.*

JANOT NIGUEDOUILLE

Ah ! ah ! cela tient sans doute à sa robe ?

PANURGE

Détrompez-vous... Frère Jean, que feriez-vous des femmes qui ne sont ni belles, ni bonnes... si vous en disposiez ?

FRÈRE JEAN DES ENTOMMEURES

Je les mettrais en religion et leur ferais coudre des chemises (1).

PANURGE

Et les autres ?

FRÈRE JEAN DES ENTOMMEURES, égrillard.

Les autres ? Amenez-les à mon confessionnal.

Il débouche une bouteille qu'il tire de sous son froc.

JANOT NIGUEDOUILLE

Comme il y va. Jamais Madelon n'ira lui demander l'absolution ; jamais, au grand jamais... Ah ! Monsieur Panurge, que je suis malheureux. (Il pleure.) Que se passe-t-il à côté, ma femme sera-t-elle guérie par le docteur... La perdrai-je ?

Il s'assied en larmes.

FRÈRE JEAN DES ENTOMMEURES, emplissant son verre.

Par Dieu, Janot *le veau,* Janot *le pleurant,* Janot *le criard, tu ferais beaucoup mieux de nous aider ici que de pleurer là comme une vache, assis sur tes fesses comme un magot* (2).

PANURGE

Et quand boirez-vous ? Quand boirons-nous ? Quand boira Monsieur l'écuyer Carpalim ?... *N'est-ce pas assez sermonné pour boire...*

(1) Gargantua, *liv. I, chap. LIII.*
(2) Pantagruel, *liv. IV. chap. XIX.*

FRÈRE JEAN DES ENTOMMEURES

C'est bien dit (1). Buvons, après quoi tu nous conteras ton histoire.

Il boit.

EPISTEMON

Holà... Quelle descente de gosier. Il ne reste plus rien dans le flacon.

FRÈRE JEAN DES ENTOMMEURES

Si fait... Et puis j'en connais d'autres... un petit Bourgueil...

JANOT NIGUEDOUILLE

Ah! Messieurs! si vous goutiez du mien! Il n'en est de meilleur en la région.

PANURGE et FRÈRE JEAN DES ENTOMMEURES, ensemble.

Où est-il?

JANOT NIGUEDOUILLE, s'apercevant trop tard qu'il a dit une sottise.

Chez moi... là... Au village voisin. Et vous comprenez que je n'irai pas le chercher...

EPISTEMON

En trouverions-nous de pareil dans la contrée?

JANOT NIGUEDOUILLE

A coup sûr... Chez le vigneron qui me le vendit. C'est à deux pas.

PANURGE

Alors, qu'attends-tu ? Tu as de l'argent?

JANOT NIGUEDOUILLE

Pas sur moi, Monsieur Panurge. A la maison, chez moi... Certes, j'en ai de l'argent... Mais pas ici.

---

(1) Pantagruel, *liv. IV, chap. I.*

PANURGE

Comme c'est regrettable, je me sentais une soif toute particulière de Bourgueil.

JANOT NIGUEDOUILLE

Je suis bien peiné de ne pouvoir vous satisfaire, mes bons amis, et croyez que si je ne traversais pas les cruels événements que...

FRÈRE JEAN DES ENTOMMEURES

Nous savons... Oui... Bois ce verre. Tu m'en devras cent et du meilleur...

Il fait boire Janot.

CARPALIM

Eh bien, Panurge ?... Nous attendons cette aventure que tu nous as promise...

PANURGE

Aurai-je le temps de la raconter ?

EPISTÉMON

Oui, certes... Le docteur doit être bien long... à son âge...

JANOT NIGUEDOUILLE

Vous êtes de mauvaises langues, Messieurs... Vous me désolez.

PANURGE

Ne te fâche pas, Janot. Philosophe plutôt avec nous. As-tu bien réfléchi à ce que tu as voulu... à la sottise que tu commets en ce moment même?

JANOT NIGUEDOUILLE

Laquelle, Monsieur? Le diable me brûle si je devine ce que vous avez en tête !

PANURGE

Et dès l'abord penses-tu que la femme est un animal ou non ?

JANOT NIGUEDOUILLE

Monsieur Panurge, que me dites-vous là ?

PANURGE, doctement.

Je la dis animal, suivant la doctrine, tant des philosophes académiques que péripatétiques. Car si le mouvement propre est l'indice certain de la chose animée, comme l'écrit Aristote, tout ce qui se meut de lui-même est dit animal à bon droit. Platon la dit animal, car il lui reconnaît des mouvements propres de suffocation, précipitation, corrugation, indignation (1).

JANOT NIGUEDOUILLE

Que me dites-vous là !

PANURGE

En outre, nous savons que la femme est manifestement à la discrétion des odeurs : on la voit fuir les puantes et rechercher les aromatiques (1). Les femmes prudes qui ont vécu conformément à la raison ne méritent pas de minces éloges, encore qu'elles soient rares. Réfléchissez, mon ami, et convenez que la femme est un animal immoral, immodeste, incongru, désobéissant et satanique ; et voyez maintenant le beau travail que vous avez fait.

JANOT NIGUEDOUILLE, haletant.

Mon Dieu... Mon Dieu... Que me dites-vous là !

PANURGE

La pure, la simple vérité. La femme est un animal curieux et dangereux, gourmand, indiscret et dissolu. *Nos docteurs l'affirment. La première femme du monde, Eve, ne fut jamais entrée en tentation de manger le fruit de l'arbre défendu si cela ne lui avait été interdit* (2). Votre femme, Janot,

(1) Pantagruel, *liv. III, chap. XXXII.*
(2) Pantagruel, *liv. III, chap. XXXIII.*

aussitôt qu'elle aura recouvré la parole, ne s'en servira que pour vous faire mille misères, vous abasourdir du matin au soir, dévoiler vos plus précieux secrets... ruiner votre tranquillité. Elle vous dira méchant, injuste et ladre et s'encouragera ainsi à vous tromper. Elle vous harcélera d'injures, ironies, insultes et vous fera tourner en bourrique. Voilà, Monsieur Janot, ce que je tenais à vous dire.

JANOT NIGUEDOUILLE, se précipitant vers la tente.

Holà, Monsieur Rondibilis, ne coupez rien, je vous en prie, ne coupez rien !...

FRÈRE JEAN DES ENTOMMEURES

Il est trop tard... Voici Madame votre épouse. Quelle galante personne... Pas vrai que vous l'enverrez au tribunal de ma pénitence ?

Madelon et Rondibilis sortent de la tente.

MADELON

Bonjour, Messieurs... Je suis bien aise de vous trouver pour vous faire part de l'heureuse nouvelle... Bonjour, Janot... Tu vois, c'est moi... guérie... Désormais guérie... grâce à notre cher docteur... Si tu savais, Janot, quelle délicatesse, quelle habileté... Cela ne dura qu'un instant et je vis tout de suite que je pouvais parler !

MADELON

Bonjour, Messieurs...

JANOT NIGUEDOUILLE, à Rondibilis.

Grand merci, Monsieur notre maître. Comme je suis obligé d'un si beau fait d'armes. Quel grand homme vous êtes... Ah, docteur !... La voix me manque. Embrasse-le, Madelon !...

MADELON

Avec plaisir et plutôt deux fois qu'une...

Elle embrasse le docteur.

PANURGE

Et moi ?

JANOT NIGUEDOUILLE

Ce n'est pas la peine. Je t'en prie, ma femme.

MADELON

Et pourquoi pas, s'il te plaît ? Monsieur est un chevalier de fort
bonne mine...

Elle embrasse Panurge.

JANOT NIGUEDOUILLE

Après tout, si tu y tiens.

FRÈRE JEAN DES ENTOMMEURES, s'essuyant la bouche sur sa manche.

Et moi ?

JANOT NIGUEDOUILLE, avec une fureur croissante jusqu'à la fin de la scène.

Ah ! non !... Pas vous... Vous êtes trop gros et trop sale.

MADELON

Je ne te comprends pas, Janot... Un si beau jour... Ne pas me laisser
me réjouir avec nos amis !

Elle embrasse frère Jean.

JANOT NIGUEDOUILLE

Tu n'es pas dégoûtée.

EPISTEMON

Et moi ?

JANOT NIGUEDOUILLE

Vous ! Vous êtes trop vieux. Allez vous coucher, brave homme.

MADELON

Mais non ! Monsieur, vous êtes trop respectable pour que cela tire à conséquence et je vous embrasse de bien bon cœur.

Elle l'embrasse.

JANOT NIGUEDOUILLE

Il n'y a pas de raison pour que cela finisse... Et moi ?

CARPALIM

Et moi ?

JANOT NIGUEDOUILLE

Ce morveux-là, jamais. Madelon, songe à ton mari.

MADELON

Oh ! Janot, comme c'est vilain... Un si jeune homme, si bien fait de sa personne... Ce sont des petites faveurs qu'on ne refuse pas.

Elle embrasse Carpalim.

JANOT NIGUEDOUILLE

D'après ce que je vois, je n'aurai que les restes...

MADELON

Eh ! mon ami, s'ils ne vous suffisent pas, cherchez ailleurs.

Elle tourne le dos à Janot Niguedouille.

RONDIBILIS, s'approchant de Janot Niguedouille.

Hein, Monsieur, comme elle parle !

JANOT NIGUEDOUILLE, lui tournant le dos.

Trop, Monsieur. Elle embrasse trop surtout. Si vous m'aviez dit que votre opération aurait ce résultat là...

RONDIBILIS

Eh bien ?

JANOT NIGUEDOUILLE, dont la colère éclate.

Eh bien !... Je vous aurais envoyé aux cinq cents diables, vous et votre petit instrument.

PANURGE, à Madelon.

Madame, ce nous est une bien grande joie de voir si gente personne parmi nous, et je vous veux montrer notre merveilleuse armée.

Il offre son bras gauche que Madelon prend.

MADELON

Il y a de beaux soldats, je crois ?

FRÈRE JEAN DES ENTOMMEURES

De très beaux soldats... Gros comme moi...

Il offre son bras droit que Madelon accepte.

PANURGE

Grands... comme moi.

Il entraîne Madelon vers le camp.

JANOT NIGUEDOUILLE, inquiet.

Holà ! femme, femme... Ne t'en va pas... Ecoute-moi un peu, çà...

MADELON, sans s'arrêter, s'éloignant par la droite.

Ne t'impatiente pas, mon ami, je parle avec ces messieurs... C'est une petite promenade qu'ils me proposent et je me ferais péché de décliner leur offre. Demeure ici même. Je reviendrai te retrouver... C'est une petite occasion de bavarder...

La voix de Madelon se perd. Janot Niguedouille reste seul avec Rondibilis.

SCÈNE IV

JANOT NIGUEDOUILLE, RONDIBILIS

JANOT NIGUEDOUILLE, furibond.

Une petite promenade !... une petite occasion de bavarder... A-t-on jamais vu pareille impudence. Ah ! si je ne me retenais ! de quelle volée de bois vert je vous rentrerais ces furieuses démangeaisons de parler hors de propos avec des gaillards qui ne valent pas la corde pour les pendre.

RONDIBILIS, s'approchant.

Calmez-vous, Monsieur, la colère est mauvaise conseillère.

JANOT NIGUEDOUILLE

Et que m'importe à moi. Je suis furieux... archi-furieux. D'ailleurs, tout cela n'est venu que par votre faute.

RONDIBILIS

Ne m'avez-vous pas donné l'ordre de rendre la parole à votre femme ?

JANOT NIGUEDOUILLE

Si fait, cela ; je le sais bien... je ne le sais que trop ; mais je ne vous ai jamais commandé de la lui rendre au point qu'elle en abuse.

RONDIBILIS

J'ai coupé ce qu'il fallait, Monsieur. Le reste n'est pas mon affaire.

JANOT NIGUEDOUILLE

Eh ! par la mort Dieu, il ne fallait pas tant couper. Vous avez trop coupé, docteur. Car, enfin, que vais-je faire, moi, si ma femme court les chemins avec les premiers venus, et cela, parce qu'elle ne veut perdre une occasion de bavarder. Le temps me presse, moi ! Je ne vis pas de l'air du temps, moi ! Ma maison me réclame, moi ! Mes clients s'impatientent, et me voici, droit sur mes pieds, à attendre que ma femme ait achevé sa petite conversation... et sa petite promenade... Je l'enverrais promener... Ah ! oui.

RONDIBILIS, tristement.

Les temps sont durs, Monsieur !

JANOT NIGUEDOUILLE

Vous ne m'apprenez rien...

RONDIBILIS

Les malades se mêlent assez de guérir sans nous pour que nous ne les négligions pas...

JANOT NIGUEDOUILLE

Et pour que vous les finissiez !

RONDIBILIS, de toute sa hauteur.

Soyez poli, Monsieur !

JANOT NIGUEDOUILLE

Qu'ai-je dit ?... Une bêtise... Ça m'arrive si souvent... Pardonnez-moi, docteur. Je suis si préoccupé par le souci de rentrer chez moi...

RONDIBILIS

Et moi de même. Aussi, j'avais formé le projet de vous demander le règlement de mes honoraires.

JANOT NIGUEDOUILLE

Ah ! Monsieur... Je ne dure plus en place... Excusez-moi, je cours chercher Madelon...

RONDIBILIS, essayant de le retenir.

C'est l'affaire de si peu de temps. Vous me devez...

JANOT NIGUEDOUILLE

Je suis à vous, docteur... Demeurez là... Je reviens de suite.

Il se sauve par la droite.

RONDIBILIS

Ne voudrait-il pas me payer ?... Ne le perdons pas de vue.

Il court à la poursuite de Janot.

SCÈNE V

Entrent par la gauche : PANURGE, MADELON, FRÈRE JEAN DES ENTOMMEURES.
suivis d'EPISTEMON et CARPALIM.

Panurge et frère Jean des Entommeures tiennent Madelon par le bras comme à la scène III

PANURGE

Cela ne saurait faire de doute, ma chère, que vous fûtes malheureuse d'épouser un semblable goujat.

FRÈRE JEAN DES ENTOMMEURES

Un butor qui manque de principes religieux. Ah ! que j'eusse aimé vous voir en notre bienfaisante Abbaye de Thélème !

PANURGE

Ou même encore dame d'honneur attachée à la personne de notre gentil roi, Pantagruel !

MADELON

Cela eût tout juste été dans mon goût. J'étais née pour le monde, pour les honneurs, pour les fêtes. Dites, je ne suis pas des plus mal troussées... sans être belle...

PANURGE

Vous êtes mignonne.

FRÈRE JEAN DES ENTOMMEURES

Vous avez des yeux... oh ! des yeux. Je braverais l'enfer pour un de vos sourires !

MADELON, minaudant.

Vous êtes un flatteur, frère Jean.

Elle le pince.

FRÈRE JEAN DES ENTOMMEURES

Holà ! ne me pincez pas. Je suis douillet en diable.

PANURGE

Les belles parures et les robes de soies fine vou eûssent convenu mieux qu'à ces mijaurées, propres tout au plus à dénouer les lacets de vos chaussures.

MADELON

Et ma voix ? Trouvez-vous qu'elle soit agréable, ma voix. Je ne sais pas, moi...

FRÈRE JEAN DES ENTOMMEURES

Votre voix, un délice ! Les anges du paradis ne chantent plus mélodieusement aux oreilles des justes.

MADELON

Vous croyez ? Les entendîtes-vous déjà dans vos méditations, mon frère?

FRÈRE JEAN DES ENTOMMEURES

Pas précisément... C'est une idée que je me fais... Cependant, il y a gros à parier pour que je ne me trompe pas.

PANURGE

Il a raison. Le malheur, je vous le répète, est bien que si jolie petite créature que vous, soit femme d'un semblable jaloux.

MADELON

Mon mari est jaloux. Vous le pensez?

PANURGE

A coup sûr. Jaloux et avare. Cela se voit par toutes les sciences de notre savant maître Her Trippa... Il est jaloux, avare et mauvais mari par astronomie, nécromantie, *et cœtera, et cœtera*. Bref, c'est scientifiquement acquis et croyez-moi, madame, de préférence à ce vilain, *ce serait bien fort utile à la République, délectable à vous, honnête à votre lignée, et à moi nécessaire, que nous soyons... au mieux ensemble. L'expérience vous le démontrera.*

MADELON, lâchant le bras de Panurge.

Méchant fol, vous appartient-il de me tenir de tels propos ? A qui pensez-vous parler ?... Allez, ne vous trouvez jamais devant moi, car pour un peu plus je vous ferais couper bras et jambes.

PANURGE

Ho ! vous n'êtes pas si méchante que vous le dites ; non ! ou votre physionomie m'a bien trompé, car la terre monterait plutôt aux cieux et les cieux descendraient en l'abîme ; l'ordre de l'univers serait plutôt perverti, que pareille beauté et élégance ne cacheraient une goutte de fiel et de malice. L'on dit bien :

Nul n'en vit de si belle
Qui longtemps fut rebelle.

PANURGE

C'était à vous que Pâris devait adjuger la pomme d'or, pas à Vénus...

Mais il s'agit là de ces beautés vulgaires. La vôtre est si parfaite, si rare et si céleste, que je crois que la nature l'a mise en vous comme un modèle pour nous donner à entendre ce qu'elle peut faire quand elle veut employer toute sa puissance et tout son savoir. Ce n'est que miel, ce n'est que sucre, ce n'est que manne céleste, de tout ce qui est en vous... C'était à vous que

Pâris devait adjuger la pomme d'or, pas à Vénus... non ! (Il tombe à genoux.) *ni à Junon, ni à Minerve... Car il n'y eût jamais autant de magnificence en Junon, autant de prudence en Minerve, autant d'élégance en Vénus. O dieux et déesses célestes, quel bonheur vous réservez à celui qui pourra l'embrasser, la caresser et la presser entre ses bras* (1).

MADELON, à frère Jean des Entommeures.

Il est charmant. (A Panurge.) Relevez-vous, mon ami, relevez-vous !

PANURGE

Pas avant d'avoir un mot d'amour, un sourire qui me comble de joie.

MADELON, à frère Jean des Entommeures.

Le pauvre garçon, comme il m'aime ! Ce n'est pas Janot qui eut trouvé cela tout seul. (Elle tend sa main à Panurge qui la baise.) Je ne suis pas insensible à votre distinction, gentil seigneur, mais relevez-vous, je vous prie, vous me troublez l'esprit... Ce n'est pas bien...

Panurge se lève.

FRÈRE JEAN DES ENTOMMEURES

Ah ! si vous saviez en quel état vous avez mis la cervelle de notre pauvre ami. Voyez-le tel qu'il est... Votre mari lui est débiteur de je ne sais combien pour les avances qu'il lui a faites... Il ne réclame rien... Il est heureux...

MADELON

Et pourquoi, grand Dieu, je veux le savoir... Tout de suite, ne me cachez rien !

PANURGE

Ce fut pour votre guérison, Madame, et que Satan me brûle si jamais j'eusse pensé à vous en entretenir... C'est l'enfer ou frère Jean qui en ont décidé ainsi...

(1) Pantagruel, *liv. II, chap. XXI.*

MADELON, quittant le bras de frère Jean des Entommeures.

Mais que vous doit-il, Monsieur ? S'il ne dépend que de moi de vous payer de vos dépenses.

PANURGE

Oh! si peu de chose, belle amie. (Bas à frère Jean des Entommeures.) Grosse canaille !

FRÈRE JEAN DES ENTOMMEURES, pressant Panurge.

(Bas.) Va donc... (Haut.) Il s'agit tout d'abord d'un petit cadeau de vieux vin que Monsieur votre époux a promis à Monsieur mon ami. C'est, m'a-t-il dit, un Bourgueil rare, exceptionnel... comme il n'en est plus de ce monde, et vous en possédez chez vous quelques précieux échantillons...

MADELON

Ce n'est que cela. Oh ! Messieurs... Rien de plus facile à vous donner. Prenez cette clef : elle est celle de notre maison, là, tout près, au village voisin... Vous demanderez et l'on vous indiquera... Le caveau est à droite, vous y pénétrez et trouvez au fond cinq ou six rangées de bouteilles de ce vin que nous vous devons et que je suis si heureuse de vous remettre.

Panurge prend la clef qu'il remet à Carpalim.

PANURGE

(Bas à Carpalim.) Fais vite... (A Madelon.) Monsieur votre mari m'avait en outre promis cinquante pièces d'or pour les honoraires de maître Rondibilis. Comme il ne les possédait point sur lui...

MADELON, bas à Panurge.

Il n'importe... Je connais la cachette de Janot. Elle est près du puits... Fouillez et vous trouverez une marmite. Elle contient assez pour vous contenter.

PANURGE, après avoir regardé méditativement Madelon et réfléchi.

Pour cela, j'irai moi-même... (Il salue Madelon.) Madame !...

MADELON

Vous partez... déjà...

PANURGE, sortant, d'un ton grave.

Ordre du roi...

MADELON, à frère Jean des Entommeures.

L'ingrat... Il m'abandonne. Moi qui m'attachais à lui !

FRÈRE JEAN DES ENTOMMEURES, tendre.

Ah ! Madame, ne vais-je pas suffire à faire votre bonheur !

Il veut la prendre par la taille. Surviennent tout essoufflés Janot Niguedouille, puis le docteur Rondibilis. Janot essaie d'arracher Madelon à frère Jean des Entommeures, mais celui-ci le repousse.

SCÈNE VI

JANOT NIGUEDOUILLE, puis RONDIBILIS, MADELON, FRÈRE JEAN DES ENTOMMEURES

JANOT NIGUEDOUILLE, essoufflé, se laissant choir.

Hà !... Monsieur le prieur... Monsieur le prieur... Monsieur l'abbé... Je vous en conjure... Laissez ma femme... Je n'en puis plus... Attendez que je revienne à moi...

FRÈRE JEAN DES ENTOMMEURES, menaçant.

Monsieur le postérieur, mon ami, Monsieur le postérieur, vous aurez sur vos postères (1). Etes-vous fou qu'à présent il n'est plus permis de fêter avec Madame votre épouse l'heureux jour de sa guérison...

RONDIBILIS, survenant épuisé.

... D'une guérison qui m'est due... ouf !

MADELON

Une guérison si inespérée, si merveilleuse. Janot, tu divagues !

____

(1) Gargantua, *liv. I, chap. XLIV.*

JANOT NIGUEDOUILLE

Ils sont tous contre moi... Ah! quelles afflictions vous me réserviez, Seigneur! Vont-ils assez la fêter cette guérison !

RONDIBILIS, insistant.

Une guérison qui m'est due !

MADELON, à Rondibilis.

Monsieur Panurge vous paiera, s'il ne l'a déjà fait.

JANOT NIGUEDOUILLE et RONDIBILIS, ensemble.

Monsieur Panurge ?

FRÈRE JEAN DES ENTOMMEURES, essayant d'arranger les choses.

Parfaitement... C'est Panurge... Il n'est pas là... mais il va revenir... Il paiera... C'est entendu avec Madame.

JANOT NIGUEDOUILLE, à Madelon.

Qu'est-ce que cela signifie ? Qu'as-tu encore fait, misérable, femme perdue... Mon honneur... J'en suis sûr, mon honneur est dans le seau... Gourgandine !

MADELON

Je te jure, mon ami... Je n'ai rien à me reprocher.

JANOT NIGUEDOUILLE

A d'autres ! Que ce sacripant se mette aujourd'hui en frais pour nous. Tu as fauté, Madelon... Tu as fauté. A genoux... Je m'en vais te punir. (Il la prend par les cheveux.) Recommande-toi à Dieu !

MADELON

Frère Jean... Frère Jean... Défendez-moi !... Il est enragé... Je ne sais ce qui lui prend. Holà... Holà... vous me faites mal, mon bon ami !... Mon cher époux.

FRÈRE JEAN DES ENTOMMEURES, séparant Janot Niguedouille de Madelon.

Un peu de calme! Quel tigre ! Ma parole, êtes-vous fou ? Ce que vous dit Madame est exact... Panurge paiera et cependant, je le jure sur la sainte croix, Madame n'a rien à se reprocher. Je ne les ai pas perdus de vue et de par ma robe, vous devez me croire.

JANOT NIGUEDOUILLE

Je ne demande pas mieux que de vous croire, mais où est-il ce Panurge que je lui parle?... Je veux savoir, comprendre.

FRÈRE JEAN DES ENTOMMEURES

Me l'avez-vous donné en garde?... Non... Que vous dirai-je de plus? Je consens à l'aller chercher et à vous le ramener... Le voulez-vous?... Puisqu'il paiera !

JANOT NIGUEDOUILLE

Maître Rondibilis est peut-être mieux renseigné. Çà, Monsieur notre docteur, êtes-vous au courant de ce qui se dit. Ne chercheriez-vous pas à vous faire payer deux fois. D'abord par cet excellent Panurge, ensuite par moi ?

Frère Jean des Entommeures s'esquive prudemment.

SCÈNE VII

MADELON, JANOT NIGUEDOUILLE, RONDIBILIS

RONDIBILIS

Je ne saisis traître mot de ce que vous voulez me raconter.

JANOT NIGUEDOUILLE

Oui-dà... N'avez-vous pas entendu ma femme et le saint homme que voici... (Il cherche frère Jean des Entommeures.) Il n'est plus là... mais c'est tout comme s'il y était. J'ai bien entendu, parguienne !

RONDIBILIS, ahuri.

Je vous affirme !

MADELON

Monsieur Panurge ne vous a-t-il pas payé? Je crois que si ; car il me l'affirmait tout à l'heure.

JANOT NIGUEDOUILLE

La chose est certaine et j'en suis convaincu... Ah çà ! beau merle, espériez-vous voler notre argent avec autant d'impudence... Dites-le, le croyiez-vous ?

RONDIBILIS, de plus en plus ahuri.

Je n'y vois goutte...

JANOT NIGUEDOUILLE

Ne jouez pas le niais, Monsieur le docteur. Par la vertu de votre petit instrument, avez-vous imaginé que tôt ou tard la vérité ne percerait pas ?

MADELON

Janot, ne dis pas de mal de son petit instrument !

JANOT NIGUEDOUILLE

Si fait, j'en dirai, et tant qu'il me plaira... et ce fieffé coquin devra bien me répondre...

RONDIBILIS

Hé, Monsieur l'insolent, je vous abattrai le caquet. Est-ce là cette reconnaissance que vous me deviez avoir ?

JANOT NIGUEDOUILLE

Tu voudrais aussi que je te remercie de me voler ?

RONDIBILIS

Il est aussi niais que mal appris. Maudit soit le jour où j'acceptai de donner des soins à ta mégère.

MADELON

Mégère, moi ! Il m'a appelée mégère. C'était bien la peine d'avoir été gracieuse avec ce babouin.

JANOT NIGUEDOUILLE, à Madelon.

Gracieuse avec lui... Qu'as-tu fais encore ? J'y perdrai la raison.

Il lui prend le bras.

RONDIBILIS
Au secours ! A l'assassin !

MADELON, avec des gémissements de douleur.

Tu me fais mal... Je n'ai rien fait... Je le jure... Rien... Il m'a seulement baisé... le bout de l'oreille... Holà !...

JANOT NIGUEDOUILLE, lâchant Madelon.

Il lui a baisé le bout de l'oreille, et il veut être payé deux fois ! Ah ! bandit, voleur, scélérat... Je veux te casser les reins.

Il se précipite sur Rondibilis qu'il frappe.

RONDIBILIS

Au secours ! A l'assassin !... A moi ! Je meurs !

Les pages surviennent de tous côtés.

La voix de PANTAGRUEL, encore invisible.

Silence, donc ! Ne me laissera-t-on dormir et digérer en paix !

Pantagruel, les savants et la cour entrent.

SCÈNE VIII

PANTAGRUEL, suivi de toute sa cour ; les savants HIPPOTHADÉE, BRIDOYE, HER TRIPPA, TROUILLOGAN et le fou TRIBOULET, MADELON, JANOT NIGUEDOUILLE et RONDIBILIS.

PANTAGRUEL

Suis-je parmi des fous ou chez des êtres sensés ? Qu'y a-t-il encore ?

UN PAGE

Sire, c'est ce bourgeois qui rossait notre savant docteur. Voyez comme il l'a mis... Son grand bonnet est tout meurtri.

Il relève Rondibilis.

RONDIBILIS, se frottant les côtes. Il a l'œil poché.

Oh ! mes côtes... oh ! mon œil... Je suis tout moulu, rompu et brisé. Quel sauvage... Je le disséquerais, volontiers, car il n'a rien d'humain.

PANTAGRUEL

Vous croyez, docteur... Libre à vous d'agir à votre guise ; et s'il vous plaît de procéder à quelque galante expérience sur cet animal, je vous le donne. Pages, ficelez l'animal à un arbre.

JANOT NIGUEDOUILLE, en larmes, tandis qu'on le ficelle.

Hi... hi... hi... Hélas... mon gentil sire... Prenez pitié de moi... ne me livrez pas à son petit instrument. Je suis pauvre homme, mais homme de bien. Je paierai ce qu'il faudra... Pitié ! (Aux pages.) Holà... pages, vous me faites mal. (A Pantagruel.) Monseigneur, je ne recommencerai plus. (A un page.) Aïe... il me pince la fesse... (A Pantagruel.) Soyez clément, notre maître, j'ai toujours payé consciencieusement l'impôt... (A un page.) Ouille... il me marche sur les pieds. (A Pantagruel.) Je n'ai jamais outragé votre majesté par paroles, gestes ou quoi que ce soit. (A un page.) Ne me pesez pas si fort sur le ventre... je suis gros... (A Pantagruel.) Je suis un homme d'ordre... Ma femme, Madelon, vous dira que je suis digne de votre mansuétude...

PANTAGRUEL

Tu m'écorches les oreilles avec tes cris... Finissons-en. Quel genre de mort choisis-tu...

JANOT NIGUEDOUILLE

Je n'y ai jamais pensé... Laissez-moi le temps de réfléchir. Oh ! mon nez, il m'écrase le nez.

PANTAGRUEL

Faisons vite. Comment veux-tu mourir ?

JANOT NIGUEDOUILLE

De vieillesse, sire, de vieillesse.

RONDIBILIS, féroce.

Ça serait bien long, pas vrai, dame Madelon...

MADELON, timide.

Je ne sais pas, Monsieur... Il se pourrait !

JANOT NIGUEDOUILLE

Elle m'abandonne... je suis perdu... Hi... hi... hi... je te maudis, Madelon... et Panurge et Rondibilis, et frère Jean ! Tous sont cause de ma perte.

PANTAGRUEL, à Triboulet.

Tiens, Triboulet, prends-le... amuse-toi, je te le donne.

TRIBOULET

Grand merci, Monseigneur. J'en aurai soin. Et d'abord, voyons s'il est sensible aux caresses. Aidez-moi, vous autres.

Triboulet appelle les pages, les fait mettre le long de l'arbre et se hisse sur leurs épaules au-dessus de la tête de Janot Niguedouille. Il enfonce son épée au ras de la tête de celui-ci et saute à terre.

JANOT NIGUEDOUILLE

Que me veut-il... c'est un diable... pour sûr, c'en est un. Il veut me crever la tête... m'ouvrir dans le crâne un petit trou par où ma vie s'envolera.

TRIBOULET, devant Janot Niguedouille.

Voilà qui est fait, maître nigaud. Je veux savoir si tu es propre à connaître les effets salutaires et mignons du mariage. La main qu'une femme jeune et de peau fraîche te passerait sous le menton est-elle de nature à te mettre en joie et bonne humeur ? Si cela n'est pas, il faut que tu te résignes à porter les armes de ta corporation qui sont belles cornes sur front de baudet.

JANOT NIGUEDOUILLE

Oh! Monsieur le fou... Je vous aurais mille actions de grâce si vous ôtiez cette arme de guerre qui me pique le cuir à la racine des cheveux.

TRIBOULET

L'ignorant!... C'est l'épée de Damoclès! Commençons.

Avec une plume, Triboulet chatouille la gorge de Janot Niguedouille qui fait mille grimaces et contorsions à la grande joie de Pantagruel et sa cour.

SCÈNE IX

Les mêmes ; CARPALIM, EPISTEMON

CARPALIM, survient chargé de bouteilles, suivi d'Epistemon portant dés verres.

Il m'a semblé, sire, que l'heure de votre goûter était proche et je me suis permis de vous apporter cette offrande de vieux Bourgueil tourangeau. C'est, dit-on, du meilleur... Il sort de la cave de... (Cherchant Janot, il l'aperçoit ficelé à l'arbre.) Tiens... qu'est-ce que vous faites-là ?...

PANTAGRUEL, à Carpalim, en plaisantant.

Que lui veux-tu ? Il va mourir...

CARPALIM

Une grâce, Seigneur, une seule grâce... Goûtez ce vin et s'il est bon, laissez la vie sauve à votre pourvoyeur.

PANTAGRUEL

C'est beaucoup demander, mais de par Dieu, si le vin est bon, cela vaut bien le pardon d'un homme.

Il boit.

JANOT NIGUEDOUILLE

Monsieur Carpalim, pensez à moi... Protégez-moi... Ayez pitié de moi...

PANTAGRUEL, faisant claquer sa langue.

Je ne me dédis pas... Carpalim, je t'accorde la grâce... Le vin est bon et bien digne de ma riante Touraine. Or çà, j'en boirai un second verre.

CARPALIM sert Pantagruel, puis désignant Janot aux pages.

Détachez-le !

JANOT NIGUEDOUILLE

Monsieur Carpalim, comme vous êtes bon... Comment vous remercier de votre gracieuseté ?...

CARPALIM, tendant une bouteille à Janot Niguedouille.

Bois ton vin... Tu lui dois la vie.

JANOT NIGUEDOUILLE, prenant la bouteille.

Mon vin... Qu'est-ce à dire ?... (A Madelon.) Explique-moi... (Il boit.) Mais oui, c'est mon vin, mon joli vin, mon pauvre vin. (Désolé.) Ils vont tout boire. (A Madelon.) Qu'as-tu fait, scélérate ?

MADELON

Ce que tu avais décidé... Au surplus, ne t'ai-je pas sauvé la vie...

JANOT NIGUEDOUILLE

Ne parlons plus de cela... Qu'ai-je décidé?... Explique-toi... Je ne saisis pas.

MADELON

N'avais-tu pas promis d'offrir ton meilleur vin à notre bon ami Monsieur Panurge?... on me l'a... dit, alors...

JANOT NIGUEDOUILLE

Alors? Je suis sur les charbons... Alors?

MADELON

Alors, j'ai donné la clef et dit où il se trouvait.

JANOT NIGUEDOUILLE

Ah! malheureuse, qu'as-tu fait là! Je suis ruiné, je suis perdu! Je n'ai plus qu'à mourir.

CARPALIM, narquois, à Janot Niguedouille.

Si vous souhaitez reprendre votre place à l'arbre, il en est encore temps!...

JANOT NIGUEDOUILLE

Hélas! plut au ciel que je n'en fusse jamais parti...

TRIBOULET, passant sa plume sous le menton de Janot Niguedouille.

Le vilain cornu!

Janot Niguedouille a un haut-le-corps et se retire effrayé.

JANOT NIGUEDOUILLE

Brrou!... Je n'aime pas voir cet être là... Retirons-nous!

PANTAGRUEL, levant son verre vide.

Carpalim, sois mon vaillant sommelier. *Sommelier éternel, garde-toi de somme... Argus avait cent yeux pour voir, il te faut cent mains, mon sommelier, cent mains comme Briarée, pour infatigablement verser !*

EPISTEMON, tendant son verre vide.

Mouillons, hay, il fait beau sécher.

TROUILLOGAN, même jeu.

Du rouge, *verse tout, verse de par le diable ; verse çà tout plein, la langue me pèle.*

BRIDOYE, même jeu.

La... la... la... C'est avalé... ce... cela... (1).

HIPPOTHADÉE, même jeu.

Oh ! le gentil Bourgueil, et par mon âme, ce n'est pas du vin de grand'messe...
Ils boivent tous.

CARPALIM

Eh ! comme vous y allez, il n'y en aura tantôt plus...

SCÈNE X

Les mêmes PANURGE, FRÈRE JEAN DES ENTOMMEURES, conduisant une bourrique attelée à une charrette pleine de futailles, entrent en scène.

FRÈRE JEAN DES ENTOMMEURES

Gais compaings, voici de nouveaux livres d'heures qui vous apprendront gaîment la bonne chanson de Touraine.

PANURGE

Ils s'entonneront aux carillons des beaux louis d'or de maître Janot. Joyeuse musique, mes compères.

(1) Gargantua, *liv. I, chap. V.*

JANOT NIGUEDOUILLE, à Panurge.

Que dites-vous ? Vous me déchirez le cœur !

PANURGE

Dame Madelon vous exposera notre affaire... Ce sont là les honoraires de maître Rondibilis bel et bien transformés en monnaie liquide ; liquide, c'est-à-dire liqueur vermeille ou *purée septembrale* (1). Buvez-en et vous la trouverez toujours plaisante comme *la corne d'abondance de Rhéa...* *Toujours galante, succulente, resudante, toujours verdoyante, toujours fleurissante, toujours fructifiante, pleine d'humeurs, pleines de fleurs, pleines de fruits, pleine de toutes les délices* (2).

Ai-je menti, dame Madelon ?

JANOT NIGUEDOUILLE, un instant désemparé, se remet peu à peu.

Ah ! Madelon ! quel mal me veux-tu ? et que t'ai-je fait ? Quel mystère recèle encore la plaisanterie de ce polisson. Ce n'est pas notre vin qu'il amène là... Je n'en possède pas tant de barriques.

MADELON, les yeux baissés.

Non, mon ami...

JANOT NIGUEDOUILLE, inquiet.

Il parle de mes louis d'or et des honoraires de Rondibilis. Il n'a donc pas payé Rondibilis.

MADELON, les yeux baissés.

Non, mon ami !

JANOT NIGUEDOUILLE, abruti.

Je ne lui ai pas donné d'argent...

MADELON, même jeu.

Non, mon ami !

JANOT NIGUEDOUILLE, affolé.

Alors... c'est toi qui lui en as donné !

(1) Gargantua, *liv. I, chap. VII.*

(2) Gargantua, *liv. I, chap. VIII.*

MADELON, même jeu.

Non, mon ami !

JANOT NIGUEDOUILLE, furieux.

Non, mon ami... non, mon ami... Quand tu me le redirais vingt fois, ça ne m'avancera pas d'un pas. Si tu ne lui as rien donné... Eh non ! cela n'est pas possible, tu n'aurais pas été assez folle... (A voix basse.) Tu ne lui as pas indiqué la cachette où j'avais...

MADELON, fondant en larmes.

Si, mon ami !

Janot se prend la tête entre les mains et s'arrache les cheveux de désespoir.

PANURGE, dressant la marmite de Janot Niguedouille.

Camarades ! Buvons ici à la marmite de maître Janot. Marmite créatrice de formes nouvelles...

PANTAGRUEL, à Panurge, levant son verre.

Drôle ! tu te moques de moi... Enfin, soit ! à la marmite de Janot !

TOUS LES SEIGNEURS, SAVANTS, levant leurs verres.

A la marmite de Janot !

JANOT NIGUEDOUILLE, les yeux écarquillés, fou de fureur.

Ma... ma... marmite... Tuez-moi ! Emportez-moi ! Brûlez-moi ! Je ne veux plus que mourir.

Il s'empare de l'épée de bois de Triboulet et cherche à s'en transpercer.

MADELON

A l'aide... à l'aide... Mon mari perd la raison... Il veut se faire du mal.

Les pages désarment Janot Niguedouille et l'entraînent.

JANOT NIGUEDOUILLE, montrant le poing à Madelon.

Ah ! gueuse ! plut au ciel que tu n'eusses jamais parlé !

RIDEAU

ACTE TROISIÈME

SCÈNE PREMIÈRE

PANURGE, EPISTEMON

PANURGE

Eh ! comment se porte votre chère bedaine depuis cet hier tant agité ?

EPISTEMON

Bien, merci... Panurge...

PANURGE

Et notre malade... Ce pauvre Janot ?

EPISTEMON

Je ne l'ai pas vu moi-même... Au reste notre prince nous défendit de le troubler d'aucune manière... Après les farces que nous leur avons jouées, Janot et sa femme ont été enfermés, ensemble, dans une chambre du village... Que s'est-il passé ? Je l'ignore... j'espère qu'il ne se mangèrent pas l'un l'autre. (Apercevant Carpalim qui traverse le fond de la scène.) Ohé ! Carpalim, où vas-tu ? Viens de ce côté.

SCÈNE II

Les mêmes ; CARPALIM

EPISTEMON

Quelles nouvelles apportes-tu ? As-tu vu Janot ?

CARPALIM

Oui, avec la permission de Pantagruel. Janot m'a fait mander ce matin. Je suis, m'a-t-il dit, le seul qui lui inspire encore un peu de confiance et d'affection. Il est vrai que je lui ai sauvé la vie. Du moins, il le croit.

PANURGE

Et puis ?

CARPALIM

J'ai trouvé ce pauvre Janot dans un état de désolation effrayant. Non contente de l'avoir ruiné et volé, sa femme n'avait cessé de lui représenter par plus de cent raisons qu'elle était la plus malheureuse des épouses d'avoir un mari tel que lui... Toute la nuit elle parla... Les coups, les supplications, les promesses, rien ne put faire taire son caquet. Au petit jour, quand notre homme fut accablé de sommeil, Madelon parlait encore, Madelon parlait toujours...

PANURGE

Pourquoi voulait-il qu'elle parlât! Le voici bien avancé !...

CARPALIM

Janot n'est plus un homme, c'est une loque. Il m'a supplié par le peu d'amitié que je lui porte d'avoir égard à ses malheurs et d'intercéder auprès de Pantagruel.

EPISTÉMON

Pourquoi ?

CARPALIM, riant.

Je ne sais si jamais vous arriverez à le découvrir !

PANURGE

Ma foi non ! Est-ce la liberté ?

CARPALIM

Non! mieux que cela ! Il prie le prince de réunir à nouveau les savants et illustres personnages que nous avons entendu, hier. Tu te souviens, Panurge? Et ce qu'il leur demandera... Je vous le donne en mille. Cherchez et vous trouverez peut-être... Je me sauve.

Ils s'enfuit.

SCÈNE III

Les mêmes moins CARPALIM ; FRÈRE JEAN DES ENTOMMEURES entre une côtelette de veau et un morceau de pain dans une main, une bouteille de vin dans l'autre main.

EPISTEMON

Voilà le frère Jean. D'où sors-tu ?

FRÈRE JEAN DES ENTOMMEURES

Belle question ! Des cuisines... *J'en viens, tout y va par écuelle. J'espérais bien y arrondir à profit et usage monacal le moule de mon froc.*

Il mange.

PANURGE

Ainsi, mon ami, toujours, à ces cuisines ?

FRÈRE JEAN DES ENTOMMEURES

Corps de poulet ! Je m'y entends mieux qu'à vos bavardages avec les dames... Révérence, double, reprise, accolade, fressurade... Je vous baise la main et grand merci de votre majesta... Tarabin, tarabas (1). *Où est Madelon ?*

PANURGE

Il t'importe, vraiment ?

FRÈRE JEAN DES ENTOMMEURES

Moins qu'à toi. Qu'elle reste où elle est. *Vertu Dieu, laissez-moi jurer, pourquoi ne transportons-nous pas nos belles humanités dans une belle cuisine de Dieu. Et pourquoi n'allons-nous pas regarder le branlement des broches, l'harmonie des rôtissoires, la position des lardons, la température des potages, les préparatifs du dessert, l'ordre du service du vin. C'est matière de bréviaire.*

Il mange.

EPISTEMON

C'est naïvement parlé en moine (1). Qu'en dis-tu, Panurge.

(1) Pantagruel, *liv. IV, chap. X.*

PANURGE

Il prêche bien et nous n'avons que faire ici. J'aperçois de vilaines figures qui se dirigent de ce côté. Ce sont ces bélîtres et pédants imbéciles de Bridoye, Trouillogan, Hippothadée... Suivons frère Jean aux cuisines !

Ils sortent tous.

SCÈNE IV

BRIDOYE, TROUILLOGAN, HIPPOTHADÉE, puis RONDIBILIS, puis HER TRIPPA et enfin CARPALIM, les Seigneurs et les Pages.

HIPPOTHADÉE, son bréviaire à la main.

Ainsi donc, Messieurs, nous ne partirons pas encore ce matin ?

TROUILLOGAN

Il paraît ! Ordre de Pantagruel.

BRIDOYE

Sic vo... vo... volo, sic ju... ju... jub... eo, sit pro... pro... pro ratione... vo... vo...

HIPPOTHADÉE, finissant la phrase.

Voluntas.

TROUILLOGAN

Hein, vous n'allez pas dire la messe ici, je suppose ?

HIPPOTHADÉE

Non pas ! J'achève sa phrase... « Le roi le veut, il l'ordonne et sa volonté tient lieu d'autre raison. » Il n'en finit pas.

RONDIBILIS, qui a entendu la fin du propos, entre, une seringue en bandoulière.

L'accouchement est difficile. Bonjour, Messieurs !

TROUILLOGAN, à Rondibilis.

Vous aussi avez reçu l'ordre de rester ?

RONDIBILIS

Moi aussi ; d'ailleurs mes intérêts me commandaient de ne pas m'éloigner. Je ne sais exactement ce qu'on veut de nous. (A Her Trippa qui s'avance son télescope sur l'épaule.) Si Her Trippa pouvait nous dire par toutes ses sciences fumeuses.

HER TRIPPA, gravement, à Rondibilis.

Je regardais la lune, ce matin, docteur.

RONDIBILIS, avec une révérence ironique.

Bien du plaisir, Monsieur !

HER TRIPPA

Ne vous moquez pas... Elle me disait que vous ne tarderiez pas à changer de ton... Tel qui rit vendredi, dimanche pleurera. Vous serez joué et dupé, et chacun rira de vous, moi tout le premier.

RONDIBILIS

Et Madame votre épouse ? A-t-elle bien dormi ? Se réchauffa-t-elle toute seule en son lit ?

HER TRIPPA

Vous êtes un mal appris.

RONDIBILIS

Et vous un imbécile.

HIPPOTHADÉE, conciliant.

Tu ne diras pas a ton frère : « Raca »... Ainsi nous le commande l'évangile.

BRIDOYE, agitant ses dés.

Je vais... vais... vous ju... juger.

RONDIBILIS, à Hippothadée.

Taisez-vous, vieux radoteur... Vous me cassez la tête avec vos superstitions.

HER TRIPPA, à Bridoye.

Prépare ta potence, vieux chat fourré !

TROUILLOGAN

Messieurs, croyez-vous prouver ainsi que l'homme est le roi des animaux, en tous cas le mieux policé ?

RONDIBILIS

... Animal toi-même, philosophe de ma seringue...

Ils se chamaillent avec de grands cris.

Fou — idiot — butor — âne bâté — pourceau — équarrisseur — cocu — menteur — voleur — intrigant — canaille — sacripant — bandit — assassin — polisson — imbécile — maraud — maroufle — fainéant — saligaud — faux savant...

Ils se battent et roulent sur le sol avec un grand vacarme, cris de douleur.

TRIBOULET, survenant.

Bonjour, Messieurs ! Bonjour. Ho, la bonne compagnie... Comme ils sont mignons et gentils... et comme il y a du plaisir à être fou parmi tant de gens intelligents, sages et de bonnes manières.

CARPALIM, accourant.

Qu'y a-t-il ? Que casse-t-on... Nos savants... Ils vont s'entredévorer !

LES SEIGNEURS ET DES PAGES, excitant les combattants.

Hou ! — Mords-le ! — Ils s'entendent bien ! — Kss ! Kss ! — Tue-le ! — Ils aboient — Non, ils miaulent — Ce sont des gens sensés — Non, ils sont saoûls.

UN HÉRAUT D'ARMES, au fond de la scène, d'une voix retentissante.

Sa Majesté Pantagruel !

Vite le cercle se rompt. Les savants se redressent, rajustent leurs vêtements chiffonnés. L'un prend le bonnet de l'autre, l'autre la perruque de l'un, RONDIBILIS le bréviaire d'HIPPOTHADÉE, HIPPOTHADÉE la seringue de RONDIBILIS, TROUILLOGAN le télescope de HER TRIPPA, HER TRIPPA le bonnet de juge de BRIDOYE.

PANTAGRUEL monte jusqu'à son trône installé sur une grosse futaille. Devant lui se placent à droite JANOT NIGUEDOUILLE, à gauche MADELON.

PANURGE, FRÈRE JEAN DES ENTOMMEURES, EPISTEMON sortent des cuisines et rejoignent le groupe. Le froc de FRÈRE JEAN DES ENTOMMEURES est bossué par un flacon de vin et une grosse andouille qu'il emporte avec lui soigneusement cachés.

SCÈNE V

PANTAGRUEL, JANOT NIGUEDOUILLE, MADELON, HIPPOTHADÉE, HER TRIPPA, TROUIL-LOGAN, BRIDOYE, TRIBOULET, PANURGE, FRÈRE JEAN DES ENTOMMEURES, CARPALIM, EPISTEMON, Seigneurs et Pages, le Héraut d'armes, Paysans et Paysannes.

PANTAGRUEL

C'est bien vous, Janot, qui m'avez prié de tenir conseil ici avec nos savants pour résoudre le problème qui vous préoccupe?

JANOT NIGUEDOUILLE

Oui, notre maître.

MADELON, l'interrompant, vite.

... Sire, c'est un mauvais mari... hargneux, jaloux et qui souhaite ma mort...

PANTAGRUEL, à Madelon.

Silence! (A Janot Niguedouille.) Vous vous plaignez de votre femme?

MADELON, vite.

... Comme s'il avait des raisons. Nulle plus que moi ne peut se vanter d'être propre, accorte et bonne ménagère...

PANTAGRUEL, à Madelon.

Silence, donc! (A Janot Niguedouille.) Que lui reprochez-vous? Depuis hier, je ne cesse d'avoir les oreilles rompues de vos cris.

MADELON, vite.

Je ne m'explique même pas comment la patience de monseigneur y a résisté.

PANTAGRUEL, à Madelon.

Te tairas-tu ! Je n'entends que tes hurlements !

JANOT NIGUEDOUILLE

Toute la nuit, Monseigneur, toute la nuit elle n'a cessé de parler, crier, hurler, japper et pétarader. J'en ai la tête sans dessus dessous.

MADELON

Il dit du mal de moi. Si c'est possible ! Sire, justice, justice !

PANTAGRUEL

Faudra-t-il lui boucher le bec.

JANOT NIGUEDOUILLE

Oh ! notre maître ! le devant bouché, je crois qu'elle parlerait du derrière !

PANTAGRUEL

A ce point ! Serait-ce de ce bavardage que tu te plains ? Crois-tu nous occuper longtemps à de pareilles fadaises. Tu te moques de nous, mon ami.

JANOT NIGUEDOUILLE

Notre maître, je suis un pauvre diable, je vous supplie de me prendre en pitié. J'ai encore quelques écus ; ces Messieurs les boiront... C'est de l'or potable, et je vendrai mon cheval, s'il le faut, pour payer ma bienvenue... Cela fait, gardez-moi des vôtres, s'il vous plaît, car jamais homme ne sut mieux prendre, larder, rôtir et apprêter, voire par Dieu, démembrer et gourmander poule que moi qui suis ici... (1). Gardez-moi à vos cuisines que je ne la voie plus.

Il montre Madelon.

MADELON, criant.

Le scélérat... l'infâme... il veut m'abandonner... Vous voyez que j'ai

(1) Gargantua, *liv. I, chap. XXXV.*

raison. Je suis une pauvre femme, sire, et je vous supplie de me prendre en pitié. Je vous soignerai, ainsi que ces Messieurs, comme coq en pâte et vous n'aurez qu'à vous louer de mes services. Gardez-moi, s'il vous plaît, et que je ne le voie plus.

Elle montre Janot Niguedouille.

JANOT NIGUEDOUILLE

Gardez-là, c'est cela, sire, et que seul je m'en aille !

MADELON, hurlant.

Il me trahit. Il rompt les liens sacrés du mariage... Ne me gardez pas... Renvoyez-nous !

PANTAGRUEL, à Madelon.

Vous tairez-vous une fois pour toutes ? La paix. (A Janot Niguedouille.) Quel crime ta femme a-t-elle commis que tu ne la veuilles plus voir ?

JANOT NIGUEDOUILLE

Ah ! notre maître ! les crimes qu'elle a commis !... Elle m'a ruiné, volé, trompé, fait battre, mis à deux doigts de la mort et elle parle, elle parle, elle parle toujours. Satan n'inventa pas de pire supplice. Tenez ! je n'ai pas fermé l'œil de la nuit et son babillage n'est pas prêt de finir.

PANTAGRUEL

Mais vous la connaissiez, lorsque vous l'épousâtes ?

JANOT NIGUEDOUILLE

Mal, Monseigneur ! Elle était muette et je pensais bien faire en l'épousant. Malheureusement, il me vint à l'idée que ce serait plus gai pour moi d'avoir une femme qui parlât. Et voyez ce qu'il en résulte. Ah ! Rondibilis, si tu savais le mal que tu m'as causé.

PANTAGRUEL, aux savants.

Ceci n'est que lamentation inefficace... Janot désire se séparer de sa femme qui menace de le rendre fou de douleur et de vacarme... Dites-nous, notre père Hippothadée, si vous croyez la chose possible ?

HIPPOTHADÉE

Ils se sont unis devant Dieu, Dieu seul peut les séparer.

JANOT NIGUEDOUILLE

Nous séparer... Comment... Je n'y suis pas...

HIPPOTHADÉE

Dieu seul peut vous séparer par la mort.

MADELON

J'accepte... Qu'il meure le premier.

JANOT NIGUEDOUILLE

Ah! mais non! Chef de la communauté, je commande... Vas-y, ne te prive pas.

HIPPOTHADÉE

Ces propos sont autant de péchés, mon frère, et vous, ma sœur. Unis par le mariage, vous devez rester mariés jusque dans la mort.

MADELON

Jamais de la vie!

JANOT NIGUEDOUILLE

Alors, va t'en... Je ne te retiens pas.

MADELON, à Pantagruel.

Ecoutez-le, sire, s'il n'est pas à giffler. (A Janot Niguedouille.) C'est comme cela, tu voudrais me voir au diable, eh bien, détrompe-toi, ne serait-ce que pour te faire tourner en bourrique, je reste, je reste, je reste et je parlerai tout mon saoûl!

PANTAGRUEL

Quelle langue... Et c'est vous, Rondibilis, qui lui avez coupé le fil?

RONDIBILIS

Avec votre permission, notre maître.

PANTAGRUEL

Vous n'avez pas volé votre argent.

RONDIBILIS

Je ne suis pas encore payé, sire.

PANTAGRUEL

Ah, ah ! Revenons à nos moutons. (A Janot Niguedouille.) Enfin, que désires-tu ?

JANOT NIGUEDOUILLE

Je suis perplexe. Puisqu'il me paraît interdit de quitter ma femme et que, d'ailleurs, cette gueuse n'y consent pas... vous comprenez, sire, me voici fort embarrassé.

MADELON

Tant mieux, tant mieux... J'en suis fort aise.

JANOT NIGUEDOUILLE

Que puis-je faire à présent ? (A Rondibilis.) Docteur, savant maître, à tout prendre, je m'arrête à ceci : Puisque vous me l'avez changée, peut-être réussirez-vous à détruire ce que vous avez fait... En vous payant, bien sûr.

RONDIBILIS

Expliquez-vous. En me payant, j'entends... mais pour le reste ?

JANOT NIGUEDOUILLE

Voilà... Je me souviens que tant qu'elle ne parla pas la vie fut tolérable, sinon douce... Elle ne me causait pas plus de désagrément que toute autre femme raisonnable et sage... Alors, je me dis ceci... ne pourriez-vous pas, vous qui de muette l'avez rendue parlante, de parlante la rendre muette.

RONDIBILIS

Que je rende muette votre femme ?

JANOT NIGUEDOUILLE

Dame oui... pourquoi pas ?

MADELON, criant.

Au secours... Il veut m'égorger, me tuer, m'assassiner. Je veux parler... Arrêtez-le... Vous verrez qu'il mérite la potence.

PANTAGRUEL

Quelle pie borgne! Pages, emmenez-la quelque temps à la promenade.

Les pages entraînent Madelon.

JANOT NIGUEDOUILLE, avec un soupir de soulagement.

Oh ! sire ! merci ! Vous ne vous figurez pas comme ça me soulage de ne plus l'avoir là... Au fait, que nous proposions-nous? — Oui, docteur, je vous suppliais de me dire si, par l'artifice de votre science, vous ne pourriez apaiser à tout jamais son furieux désir de jacasser?

RONDIBILIS, perplexe.

J'ai réussi à lui couper le fil de la langue, mais...

JANOT NIGUEDOUILLE

Mais?... Eh bien, ça se peut, n'est-ce pas? En cousant, recollant, avec un appareil en plâtre... Je ne sais pas, moi.

RONDIBILIS

C'est complètement impossible.

JANOT NIGUEDOUILLE

Oh! quel malheur... Allons, docteur, avec un peu de bonne volonté ?

RONDIBILIS

Il n'y a pas de bonne ou de mauvaise volonté qui tienne. Elle a la langue agile, dorénavant elle parlera.

JANOT NIGUEDOUILLE, se laissant tomber, accablé.

Elle parlera ! Oh ! mon Dieu ! Je suis perdu...

PANTAGRUEL

Allons, Messieurs, vous avez entendu l'affaire dont il est question. Que vous en semble, Bridoye ?

BRIDOYE

Oh ! oh ! c'est... c'est très simple... con... con... condamnons-la aux aux... aux... ga... galères.

PANURGE

Aux galères, une femme... Fi, Monsieur, que c'est vilain !

EPISTEMON

Et le motif ? Elle n'a rien fait.

BRIDOYE

Rai... raison de plus. Ce... cela évitera la... la peine de chercher à ju... ju... justifier la pré... pré... prévention.

PANTAGRUEL

Bridoye, vous avez bu.

BRIDOYE

Il se peut... Le... le vin était bon et... les... les... les tripes aussi.

HIPPOTHADÉE

Tu ne feras pas à autrui ce que tu ne voudrais pas qu'il te fît.

BRIDOYE

Au... autrui n'est... n'est pas juge, et... et... et je le suis...

PANURGE

Le bon juge ! Il n'est jamais à court de sentences et de principes.

PANTAGRUEL

Et vous, Hippothadée, qu'en dites-vous ?

HIPPOTHADÉE

L'homme est sur la terre pour souffrir. Que Janot consacre son martyre à Dieu. Il n'est plus sûr chemin pour gagner le paradis.

JANOT NIGUEDOUILLE

Grand merci, mon père... J'en aime mieux un autre.

PANTAGRUEL

Ce conseil ne te plaît pas, Janot?

JANOT NIGUEDOUILLE

Bien loin s'en faut, notre maître.

PANTAGRUEL

Au suivant. Que dites-vous, Her Trippa?

PANURGE, narquois.

Il doit s'entendre à ces sortes de choses. Madame son épouse l'a aguerri.

PANTAGRUEL, à Her Trippa.

Si votre femme vous ruinait, volait, dupait et vous faisait rosser, que décideriez-vous, Her Trippa ?

HER TRIPPA

Je m'adonnerais à l'étude de l'astronomie.

PANURGE

Vous ne mentez pas à votre passé, vous, au moins. Continuez, vous me remplissez d'aise.

PANTAGRUEL

Eh! Janot, sois astronome.

JANOT NIGUEDOUILLE

Ah ! Monseigneur, ne riez pas de moi. Il m'a toujours suffi de voir la lune au fond d'un seau pour contenter ma curiosité des choses célestes et je m'en tiendrai là! L'astronomie ne me tente point...

HER TRIPPA

Etudiez alors la chiromancie, la nécromantie...

TOUS, en chœur

Il suffit... assez... Nous connaissons le couplet !

JANOT NIGUEDOUILLE, naïf, à Her Trippa.

Vous ne me trouvez donc pas assez bête, Monsieur?

HER TRIPPA

Oh! bien assez pour moi...

PANTAGRUEL

Et vous, Trouillogan, qu'en pensez-vous ?

TROUILLOGAN

Qui ne veut entendre, se bouche les oreilles.

JANOT NIGUEDOUILLE, se bouchant les oreilles.

Je vous entends... Espérez-vous que je sois capable de rester ainsi jusqu'à la fin de mes jours ?

PANTAGRUEL

La solution n'avance pas. Et toi, Triboulet, qu'en penses-tu ?

TRIBOULET

Sire, prenez-les à votre service... L'homme et la femme. Ces Messieurs que voici feront des loisirs à maître Janot et, par ma foi, ils utiliseront agréablement les bons soins de Madelon.

FRÈRE JEAN DES ENTOMMEURES, à Panurge.

Voire, mon compère, point mal trouvé. J'y souscris.

PANURGE, à frère Jean des Entommeures.

Et tes cuisines?

FRÈRE JEAN DES ENTOMMEURES, à Panurge.

L'un aide l'autre, mon ami.

JANOT NIGUEDOUILLE

Voulez-vous donc ma mort? De ruiné, volé et battu, faut-il que je devienne cornu, maintenant. Etouffez-moi de suite.

TRIBOULET

Sans trop de souffrances?

JANOT NIGUEDOUILLE

Bien entendu.

PANTAGRUEL

Frère Jean, tu marmottais entre tes dents. Que conseilles-tu?

FRÈRE JEAN DES ENTOMMEURES

Quelles hésitations, mon prince! Ah! la pénitence et la prière ne sont-elles pas le refuge des pécheurs. Réfugiez-vous en moi, avec votre épouse, Janot. Je vous conseillerai, je vous consolerai.

PANURGE

Et pour le reste?

FRÈRE JEAN DES ENTOMMEURES, baissant les yeux modestement.

J'y pourvoirai selon les moyens que Dieu m'accorde. Que grâces lui soient rendues. J'espère y suffire.

PANTAGRUEL, à frère Jean des Entommeures

Que sont ces bosses que j'aperçois sous ta robe, frère Jean... l'une à droite et l'autre à gauche?

FRÈRE JEAN DES ENTOMMEURES

Ce sont instruments de pénitence, mon gentil sire !

PANTAGRUEL

Que Janot connaisse s'il saurait s'en accommoder. Montre-les...

FRÈRE JEAN DES ENTOMMEURES

Oh ! ce sont instruments de moine, non de laïc... Il n'y a pas lieu...

PANTAGRUEL

Quand même ! Montre, frère Jean, montre !...

Avec ennui, frère Jean tire de son froc une bouteille de vin.

Et l'autre ? Ne néglige rien pour nous instruire.

Frère Jean tire une grosse andouille. Tous rient.

JANOT NIGUEDOUILLE

Voilà une pénitence dont je me satisferais volontiers loin de ma femme.

PANURGE

Oh ! frère Jean lui en trouverait une autre.

JANOT NIGUEDOUILLE

Non... non ! ce n'est pas encore cela que je cherche.

PANURGE

Au diable l'importun qui consulte nos plus grands savants et n'est pas satisfait de leurs réponses... Quel être déplaisant vous faites, mon ami. Hé ! rossez-la !

FRÈRE JEAN

Ce sont instruments de moine, non de laïc.

JANOT NIGUEDOUILLE

Elle crie plus fort!

PANTAGRUEL

Panurge, tu n'as rien dit. Vois-tu quelque solution?

PANURGE

Peut-être sire... Mais il importe que je prenne conseil du grand maître des secrets universels et du prince de gai savoir... J'ai là sous la main le savant des savants et s'il consent à venir ici-même, rien n'est impossible. Janot trouvera sans doute un remède à son embarras.

PANTAGRUEL

Va, Panurge... et reviens vite.

JANOT NIGUEDOUILLE

Ah! Monsieur Panurge! si jamais vous me guérissez de mon angoisse, je consens à vous pardonner les misères que vous m'avez causées et ce n'est pas peu dire... allez... J'en ai gros sur le cœur.

PANURGE

Je ne vous ai pas de rancune, Janot.

JANOT NIGUEDOUILLE

Avouez qu'il n'y aurait pas de quoi?

PANURGE

Allons, frère Jean, Carpalim, Epistemon, suivez-moi. Et vous, Janot, patience...

Il sort avec frère Jean, Carpalim, Epistemon.

JANOT NIGUEDOUILLE

Monsieur Panurge, je suis sur le gril... pressez-vous... Si ma femme revenait... Ne m'a-t-elle pas joué déjà un vilain tour?

SCÈNE VI

LES MÊMES, moins PANURGE, CARPALIM, FRÈRE JEAN, EPISTEMON.

PANTAGRUEL, songeur.

Ah! mon pauvre Janot, je vous plains! *C'est chose commune et vulgaire entre tous les humains d'entendre le malheur d'autrui, de le prévoir, le connaître et le prédire. Mais qu'il est rare de prédire son propre malheur ; le connaître, le prévoir et l'entendre. Esope n'était pas insensé lorsqu'il disait en ses apologues que chacun vient en ce monde avec une besace au cou. Sur le devant de cette besace sont les fautes et malheurs d'autrui, toujours exposés à notre vue et à notre connaissance... Au derrière de cette même besace sont nos fautes et nos malheurs personnels. Nous ne les voyons jamais et nul ne les voit sauf les élus du ciel (1).*

Vous étiez heureux...

JANOT NIGUEDOUILLE

... En y mettant un peu de bonne volonté...

PANTAGRUEL

... Et vous avez été l'artisan de votre malheur... Mon pauvre Janot, je ne sais comment cette histoire prendra fin...

JANOT NIGUEDOUILLE

Ah! monseigneur, s'il m'était seulement permis d'en ignorer le commencement.

_____

(1) Pantagruel, *liv. III, chap. XVI.*

SCÈNE VII

MAITRE ALCOFRIBAS NASIER (RABELAIS), PANURGE, CARPALIM, FRÈRE JEAN,
EPISTEMON et LES MÊMES.

PANURGE

Messieurs, saluez notre maître en toutes sciences, le docteur Rabelais,
le puissant médecin en pantagruélisme Alcofribas Nasier.

PANTAGRUEL

N'est-il pas de Touraine?

PANURGE

Si fait!

PANTAGRUEL

Je le connais bien et suis content de lui dire bonjour.

RABELAIS, après une révérence à Pantagruel.

*Bonjour, messieurs, bonjour très tous, vous vous portez bien tretous?
Dieu merci et vous? Cela me fait plaisir à vous rencontrer. (A Panurge.)
Descendons. Je suis affamé de bien faire et travailler comme quatre bœufs...
Vraiment, voici un beau lieu et de bonnes gens. (Aux pages.) Enfants, avez-
vous besoin de moi? N'épargnez pas la sueur de mon corps pour l'amour
de Dieu... Adam (c'est l'homme) naquit pour labourer et travailler comme
l'oiseau pour voler. Notre Seigneur veut, entendez-vous bien? que nous
mangions notre pain à la sueur de nos corps (1).*

HIPPOTHADÉE

Le saint homme!

JANOT NIGUEDOUILLE

Celui-là au moins m'inspire confiance.

(1) Pantagruel, *liv. IV, chap. XXIV.*

RABELAIS

Gens de bien, Dieu vous sauve et vous garde. Vos femmes, enfants, parents, votre famille et vous, êtes en bonne santé. Cela va bien, cela est bien, cela me plaît. Dieu, le bon Dieu en soit éternellement loué et si telle est sa volonté, soyez y longtemps encore. Quant à moi, grâce à Dieu, j'en suis là et me recommande à lui comme à vous. Je suis moyennant un peu de pantagruélisme (vous entendez que c'est certaine gaîté d'esprit confite en mépris des choses fortuites) sain et dégourdi, prêt à boire si vous le voulez. J'écoute la parole de l'Evangile : *médecin, ô guéris toi toi-même.* Galen s'en inspira pour éviter de tomber dans un travers dont on a ri :

> *Il est bien médecin des autres en effet,*
> *Toutefois médecin d'ulcères est tout infect.*

Je ne voudrais me *vanter* et me faire *prendre pour un médecin estimé, si depuis l'âge de vingt-huit ans jusqu'en* ma *vieillesse, je n'avais été qu'en parfaite santé (1).*

FRÈRE JEAN DES ENTOMMEURES, à Panurge.

Quel bon docteur j'aurais été à ce compte-là.

PANURGE, à frère Jean.

Laisse-le.

RABELAIS

Si par quelque désastre la santé s'est retirée de vos seigneuries : quelque part dessus, dessous, devant, derrière, à dextre, à senestre, dedans, dehors, loin, auprès de vous, je souhaite qu'avec l'aide du Seigneur mes soins vous la ramènent. Travaillons à la guérison de nos semblables, *les lois nous le permettent, le roi m'entend, je vous le conseille. Sans la santé, la vie n'est que langueur : Abios Bios, Bios a Biotos... Si vous êtes privés de santé, c'est-à-dire morts, saisissez-vous du vif, saisissez-vous de la vie : c'est la santé (1).*

---

(1) Pantagruel, *liv. IV, Prologue de l'auteur.*

JANOT NIGUEDOUILLE

Oh ! Monsieur, je veux que vous me soulagiez tout de suite de la souffrance que j'endure !

RABELAIS

Vous m'avez cependant l'air d'un solide gaillard ?

JANOT NIGUEDOUILLE

Moi ! Jamais malade. C'est ma femme qui ne cesse de parler.

RABELAIS

Oui. Je sais. Maître Panurge m'a entretenu de cette aventure.

JANOT NIGUEDOUILLE

Qu'en pensez-vous !

RABELAIS

C'est selon... Il ne faut pas demander aux connaissancs humaines plus qu'elles ne peuvent nous confier. Souhaitez-vous sincèrement ne plus entendre votre femme ?

JANOT NIGUEDOUILLE

Si je le souhaite ! ah ! Monsieur, dites que je jure d'égrener chaque soir une dizaine de chapelets pour vous si je ne l'entends plus... que je vous suis dévoué jusqu'à la mort si vous me la faites taire... Voulez-vous ce que je possède maintenant... voici ma culotte... (Il délace sa culotte.) C'est ma plus belle !

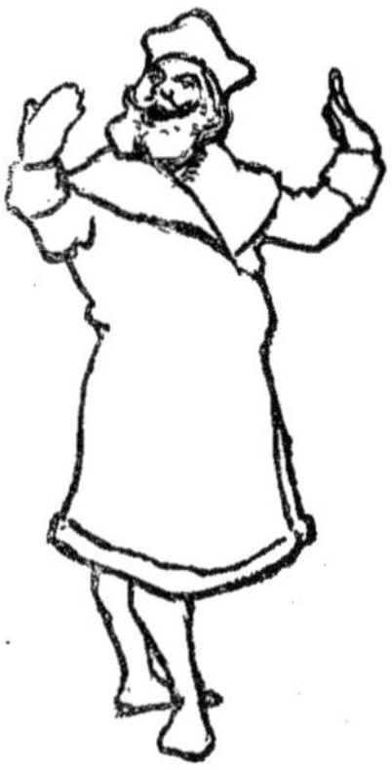

RABELAIS

Bonjour, Messieurs, bonjour... tertous...

RABELAIS, l'arrêtant.

Non, non ! inutile. Je ne vous demande rien !

JANOT NIGUEDOUILLE, à part.

C'est déjà un avantage sur Rondibilis.

RABELAIS

Ce que vous dites mérite réflexion. *S'il se trouva bien dans notre art un remède pour faire parler les femmes, il n'en est pas pour les faire taire.*

JANOT NIGUEDOUILLE

Ah! monsieur, vous n'allez pas me laisser comme cela... En cherchant...

RABELAIS

Si je ne me trompe, il est un remède. *Le remède unique contre l'interminable bavardage de sa femme, c'est la surdité du mari (1).*

JANOT NIGUEDOUILLE

Hein? Vous ne voulez pas me rendre sourd... me crever les oreilles... C'est que je ne veux pas... oui-dà. Cela me ferait trop mal.

RABELAIS

Il n'est pas besoin de vous crever les oreilles, ni de vous faire mal... Voulez-vous ou non entendre votre femme?

JANOT NIGUEDOUILLE

Je vous ai dit que j'aime mieux me jeter à l'eau tout de suite que me résigner à l'entendre.

RABELAIS

Ne craignez donc pas d'être sourd. Il est encore meilleur de vivre sans entendre que de ne pas vivre du tout.

JANOT NIGUEDOUILLE

Je vous trouve de bon conseil ici, mais cela me causera-t-il grand mal?

(1) Pantagruel, *liv. III, chap. XXXIV.*

PANTAGRUEL, à Janot.

Vous ressemblez à une souris prise... Plus elle s'efforce de se dépêtrer de la poix et plus elle s'y embrenne. Ainsi vous vous efforcez de sortir des lacs de la perplexité et vous vous y empêtrez plus que jamais. Je ne sais qu'un remède (1) et vous le connaissez... L'acceptez-vous ?

JANOT NIGUEDOUILLE

Ah ! monsieur, il est pénible de ne plus rien comprendre à ce qui se passe autour de vous.

RABELAIS

Vous vous trompez étrangement. Celui qui est devenu accidentellement sourd n'est pas bouché aux propos des gens qui l'entourent. *Bartole raconte qu'en son temps, il fut en Eugube un nommé Messer Nello de Gabrielois qui devint sourd par accident. Malgré cela, ce malheureux entendait tout Italien, qu'il parlât aussi secrètement que ce fût ; rien qu'à la vue de ses gestes et mouvements des lèvres (2).* Ce vous est un exemple entre mille qu'on peut être sourd et entendre, et je crois que vous n'y manquerez pas.

JANOT NIGUEDOUILLE

Est-ce que vous me ferez du mal ?... Comment me soignerez-vous ?

RABELAIS

Sans douleur, sans souffrances, rien que par la magie. Mon pouvoir sur toi doit être assez grand pour te guérir sans que je répande une seule goutte de ton sang !

RONDIBILIS

La chose est impossible.

PANURGE, à Rondibilis.

Voyez-moi ce beau merle. Avoue plutôt que tu ne sais rien...

(1) Pantagruel, *liv. III, chap. XXXVII.*

(2) Pantagruel, *liv. III, chap. XIX.*

JANOT NIGUEDOUILLE, désignant Rondibilis, à Pantagruel.

Je pense que cet imposteur mérite une sérieuse bâtonnade... Ne la lui accorderez-vous pas, sire ?

PANTAGRUEL

Nous y pourvoirons. Réponds plutôt à Maître François Rabelais. Acceptes-tu ce qu'il te propose ?

JANOT NIGUEDOUILLE

Cela est bien compris... vous ne me ferez pas souffrir.

RABELAIS

Je t'assure que non... assieds-toi là, et regarde-moi.

JANOT NIGUEDOUILLE, avant de s'asseoir.

Cela ne me coûtera rien ?

RABELAIS

Faut-il te le répéter cent fois ?
(Janot s'assied.)

JANOT NIGUEDOUILLE .

Est-ce que cela durera longtemps ?

RABELAIS

C'est selon.

JANOT NIGUEDOUILLE, se lève et pensif.

J'aimerais savoir ce que vous allez me faire ?

RABELAIS, impatienté.

Encore ? Quelle confiance, mon ami ! Tu tiens à être renseigné ?

JANOT NIGUEDOUILLE

Ça me tranquillisera... et puis, vous parlez si bien qu'avant d'être sourd, je veux vous entendre tout mon saoûl.

RABELAIS, faisant asseoir Janot.

Tu me regarderas. Je te fixerai. Je t'ordonnerai de dormir. Tu dormiras.

JANOT NIGUEDOUILLE

Il se pourrait... je n'ai pas fermé l'œil de la nuit dernière. Ma femme n'a pas cessé de me corner aux oreilles...

RABELAIS

Tu éprouveras alors une grande satisfaction. Déjà les bruits de l'extérieur se tairont pour toi... Tu seras plongé dans la mer de la béatitude et du repos.

JANOT NIGUEDOUILLE, se levant effrayé.

Oh... Oh!... prenez garde que je m'y noye...

RABELAIS

C'est en ce moment que je devrai parachever mon œuvre... Il faut que je paralyse en toi les esprits vitaux qui te font entendre.

PANURGE

Voilà le point délicat de l'affaire... Tu te rappelles que l'on dit : Ça m'entre par une oreille et ça me sort par l'autre... Eh bien, grâce à Monsieur, ça n'aura plus la peine de sortir.

FRÈRE JEAN DES ENTOMMEURES

Puisque ça n'entrera pas... Pas plus qu'un diable en paradis.

JANOT NIGUEDOUILLE

Sincèrement, ça ne sera pas trop douloureux ?

RABELAIS

Pas du tout, assieds-toi.

JANOT NIGUEDOUILLE, s'asseyant.

Notre Maître docteur, vous avez dit que vous m'endormiriez, au moins ne vous en allez pas sans m'avoir réveillé.

RABELAIS, endormant Janot par des passes magnétiques.

C'est entendu... Regarde-moi... Je veux que tu dormes... Dors.

JANOT NIGUEDOUILLE, la voix molle.

Je ne dors... jamais... sans mon bonnet de coton.

RABELAIS

Ne pense pas à ton bonnet de coton. Dors. (Janot ronfle. Un silence
se produit pendant lequel Rabelais ne cesse de fixer Janot que les acteurs en scène ne
perdent pas des yeux.) Désormais tu n'entendras plus, plus rien que moi...
Et tu seras sourd à toute autre parole humaine... Repose-toi... (A Pantagruel.)
Seigneur, je vous affirme qu'il est véritablement guéri...

RONDIBILIS

C'est impossible, vous en avez menti.

(Rabelais se contente de hausser les épaules. Triboulet qui s'est entretenu depuis quelques instants avec les pages, vient à Rabelais.)

TRIBOULET

Notre Maître, j'ai confiance en votre grand savoir, et puisque vous
l'affirmez, je le crois vraiment guéri... Eh bien.... quand vous l'aurez
réveillé, laissez-nous le soigner à notre manière pour le guérir tout à fait
de l'envie d'assommer les gens.

RABELAIS

Comme il vous plaira.

(Triboulet et les pages se sauvent et reviennent aussitôt avec des chaudrons et mar-
mites. Plusieurs d'entre eux arrivent enfin, costumés en diables.)

TRIBOULET

Maître docteur, nous entend-il maintenant?

RABELAIS

Si je le veux et tant que je le voudrai.

TRIBOULET

Et vous le rendrez sourd à nouveau quand il vous plaira?

RABELAIS

Oui.

TRIBOULET

Oh! Monsieur, qu'il nous entende un petit peu... et laissez-nous nous amuser.

RABELAIS, après l'acquiescement de Pantagruel.

Janot, tu m'entends?

JANOT NIGUEDOUILLE, dans un souffle.

Oui, sire !

RABELAIS

Tu vas voir se dérouler devant toi la lutte des démons qui peuplaient ton cerveau. N'aie pas peur. Je suis là... Eveille-toi.

JANOT NIGUEDOUILLE, peureux, s'éveille abasourdi.

Dites-leur qu'ils aient des manières douces... J'ai peur...

TRIBOULET, devant Janot, avec de grands balancements d'épée.

Albarildim gotfano dechmin brin alabo dordio fallroth ringuam albaros !

JANOT NIGUEDOUILLE, effaré.

N'est-ce pas vous, Monsieur Triboulet? Je vous salue bien.

TRIBOULET, dansant et chantant, frappe Janot de sa vessie.

Astaroth ! Sabaoth... Dansons, les diables... Dansons, les diables. (Il s'arrête.) Diables de l'oreille droite, diables de l'oreille gauche... êtes-vous là ?

(Les deux petits diables cornus et noirs qui se sont installés derrière Janot, frappent sur des casseroles et disent ensemble : « Tarabin, tarabas, oui-dà... ».)

JANOT NIGUEDOUILLE, terrifié.

Par la vertu bleue, Monsieur Rabelais, *je tremble,* je crois que je suis *ensorcelé. Les oreilles me cornent, il m'est avis que j'ouïs Proserpine bru-*

*yant, les diables en place sont déjà sortis... Oh ! les laides bêtes, fuyons...
serpe Dieu, je meurs de peur, je n'aime point les diables... Ils me fâchent et
sont mal plaisants. Fuyons (1).*

RABELAIS

Reste assis.

JANOT NIGUEDOUILLE, faisant des efforts inutiles pour se lever.

Oh ! Monsieur, grand merci de vos bienfaits ! Je ne deviendrai point
sourd, j'y renonce dès à présent. *Par la sambregoy de bois,* ai-je les fesses
collées, je ne peux plus m'en aller... Mon bon Monsieur, holà... L'haleine
de ces vilains diables me roussit les reins... Je veux m'en aller... Holà !

(Les diables recommencent à hurler et à frapper sur leurs chaudrons. D'autres diables
nouveaux venus sautent devant Janot qui frissonne de tous ses membres.)

TRIBOULET, grossissant sa voix.

Et maintenant, dans la nuit de la mer bienheureuse, plongez-le dans
le Styx.

(Les diables secouent Janot. L'un d'eux lui attache un gros linge mouillé sur la tête et
les yeux, jusqu'à la bouche. Ils bousculent Janot qui tombe à terre sur le ventre.)

JANOT NIGUEDOUILLE, agitant les bras comme pour nager.

*Holà ! Je n'y suis plus... N'ouvrons pas la bouche. Je suis dans l'eau...
Bous... bous... bous, je me noye... Je ne vois plus ni ciel, ni terre... Zalas,
ʒalas ! Des quatre éléments, il ne me reste ici que le feu et l'eau. Les Diables
et le Styx... Bous... bous... bous... Plût à la digne vertu de Dieu qu'à l'heure
présente je fusse dans le clos Seuillé, ou cheʒ Innocent, le pâtissier devant
la cave peinte, à Chinon, dussé-je m'y mettre en pourpoint pour faire les
petits pâtés (2).*

TRIBOULET, bas aux diables.

Le tonnerre ! (Il fait signe de compter jusqu'à trois avec ses doigts et à trois, tous
frappent sur leurs casseroles.) Le roulis et le tangage !

_____

(1) Pantagruel, *liv. III, chap. XVII.*
(2) Pantagruel, *liv. IV, chap. XX.*

JANOT NIGUEDOUILLE, nageant sur le sol.

Bous!... bous!... bous!... Je suis au fond.

RABELAIS

Il suffit. Détachez son bandeau. Janot, relève-toi. Tu es sauvé, mais tu n'entends plus que ma voix, rien que ma voix.

JANOT NIGUEDOUILLE, debout, hébété.

Eh bien! je reviens de loin, oui-dà! et j'en ai vu de vertes... Hein? qu'est-ce que vous dites?

RABELAIS

Tu ne peux plus entendre, tu es sourd...

JANOT NIGUEDOUILLE

Je vous entends bien... vous...

RABELAIS

Moi, oui! pas les autres.

JANOT NIGUEDOUILLE, après réflexion.

Ah! Alors, amenez ma femme. J'aime mieux la voir près de moi qu'avec frère Jean ou Panurge!

RONDIBILIS, à qui Janot tourne le dos.

Janot! Janot!! Janot!!! (Janot ne bouge pas d'un centimètre et continue à tourner le dos au docteur.)

RABELAIS

Messieurs, laissez-moi vous saluer. J'ai fini mon travail. Maintenant je vais boire. Bonne santé à tous.

JANOT NIGUEDOUILLE

Attendez, Monsieur notre grand médecin. Nous irons ensemble avec

20

ma femme, s'il vous plaît, car je veux la voir bien vite à présent que je ne l'entends plus.

RONDIBILIS, tirant Janot par le bras.

Toi, tu ne me feras pas croire que tu ne m'entends pas ?

JANOT NIGUEDOUILLE, à Rondibilis.

Bonjour, notre docteur... grandes amitiés... Se porte-t-on bien chez vous ?

RONDIBILIS, furieux.

Tu me dois de l'argent, il faut que tu me paies.

JANOT NIGUEDOUILLE, souriant.

J'arrive de très loin et j'ai vu des diables presque aussi beaux que vous.

RONDIBILIS

Il y a déjà longtemps que je patiente et je tiens à régler cette affaire une fois pour toutes.

JANOT NIGUEDOUILLE

Vous n'êtes pas joli, joli et je suis bien aise que vous vous soyez contenté de baiser l'oreille de ma femme, car si j'avais dû être cornu par vos soins, fi ! Monsieur, les vilains petits démons noirs, velus, pattus et biscornus, il m'eût fallu supporter.

RONDIBILIS, sortant des écus de sa poche.

Trêve de plaisanteries ! Ce sont dix écus d'or que vous allez me remettre. Ne m'amusez pas avec vos singeries. Je dis dix écus d'or... dix écus... comme celui-ci.

(Janot prend les pièces dans la main de Rondibilis.)

JANOT NIGUEDOUILLE

Je vous connais bon diable et c'est gentil cela. Ma foi, vous pourrez embrasser l'oreille de ma femme tant que vous voudrez à ce prix-là.

RONDIBILIS

Rendez-moi mon argent.

JANOT NIGUEDOUILLE, se disposant à s'éloigner.

Au revoir, oui, au revoir.

RONDIBILIS, confus, à Rabelais.

Maître Rabelais, pour couper court à cette comédie, parlez-lui vous-même et présentez-lui ma requête.

RABELAIS, montrant Janot à Rondibilis.

Puisqu'il entend... Vous l'avez affirmé tout à l'heure...

RONDIBILIS

Cela n'a rien à voir avec ce qui me préoccupe, et puisqu'il ne veut répondre qu'à vous... Demandez-lui mon argent...

RABELAIS

Je ne m'occupe jamais de ces choses... C'est déshonorer la médecine.

HER TRIPPA, à Rondibilis.

L'avais-je lu au derrière de la lune que vous seriez floué, mon compère.

RONDIBILIS

Taisez-vous, intrigant.

SCÈNE VIII

Les Mêmes, MADELON.

MADELON, à Pantagruel.

Puis-je revenir, majesté?

PANTAGRUEL

Oui-dà! Ton époux te demandait. Va l'embrasser. Il est guéri de ce que tu lui reprochais.

MADELON

Bien sûr ? et qui l'a guéri !

PANURGE

Le maître François Rabelais, par l'art de sciences inconnues jusqu'à ce jour. Remercie-le, ma belle.

MADELON, à Rabelais.

Il faut que je vous embrasse.

(Elle embrasse François Rabelais.)

PANURGE

Ne vous effrayez pas, docteur. C'est une habitude... C'est gentil.

FRÈRE JEAN DES ENTOMMEURES

Et la donzelle est bien appétissante.

PANURGE, ÉPISTEMON, CARPALIM, FRÈRE JEAN DES ENTOMMEURES tous ensemble, tendant la joue.

Et moi ?

MADELON

Taisez-vous, messieurs... Si mon mari vous entendait !

MADELON

Il faut que je vous embrasse !

PANURGE, EPISTEMON, FRÈRE JEAN DES ENTOMMEURES, CARPALIM, ensemble.

Rien à craindre ! il est sourd.

MADELON, regardant Janot qui lui tourne le dos.

Oh ! quel bonheur... Avec plaisir ; messieurs... ·

(Elle les embrasse.)

PANTAGRUEL, descendant de son trône.

Et moi, que me restera-t-il ?

MADELON

Majesté, vous êtes bien au-dessus de cela !

PANTAGRUEL

Eh eh ! malin celui qui devinerait de telles choses !

JANOT NIGUEDOUILLE, qui est resté dans un coin de la scène, sans rien voir.

Madelon, Madelon ! diable de femme ! où es-tu ?

MADELON, se jetant dans les bras de Janot.

Me voilà, Janot, me voilà...

JANOT NIGUEDOUILLE

Ah ! laisse-moi te donner le premier le baiser des tendres amours. Nous voilà donc réconciliés, ma douce amie !

MADELON

Comme tu es gentil et comme je vais t'aimer, mon Janot.

JANOT NIGUEDOUILLE, sourd.

Par les oreilles ! C'est ainsi que notre bonheur se réalisera.

MADELON, un peu surprise.

Ça y est. Il est sourd... Bah ! il n'aura pas l'air plus bête qu'avant...

PANTAGRUEL

Assez de fatigues... Le déjeuner est proche. Amis, réjouissons-nous et partons boire quelques rasades à la santé de notre maître François Rabelais. Que Dieu le garde vaillant buveur, gentil médecin et gai professeur de pantagruélisme. Qui m'aime me suive et que celui qui a soif ne perde ma trace.

(Il sort suivi des seigneurs.)

RONDIBILIS, tirant Madelon à l'écart.

Votre mari me doit onze écus d'or. Faites-moi payer.

MADELON

N'avez-vous pas été payé par le baiser que vous me prîtes sur l'oreille.

RONDIBILIS, polisson.

C'est bien cher... il faudrait recommencer?

MADELON, digne.

Nenni, Monsieur, n'y comptez plus... Adieu.
(Elle prend le bras de son mari et sort avec lui.)

RONDIBILIS, montrant le poing à Madelon.

Coquine!

PANURGE

La comédie finie, pensons aux choses sérieuses. Allons boire!

(Ils sortent tous.)

PANURGE. — Allons boire!

RIDEAU

LE JARDIN DE LA FRANCE

REVUE MENSUELLE D'ART, DE LITTÉRATURE ET D'INFORMATIONS

Rédaction et Administration : 41-43, rue Denis-Papin, Blois

PRINCIPAUX COLLABORATEURS :

Rédacteur en chef : HUBERT-FILLAY. — Administrateur : ÉMILE GRIAS

ALCANTER DE BRAHM, JACQUES ARVIS, G. Jean AUBRY, Émile BLÉMONT, Alice CANOVA, Nonce CASANOVA, Louis CHOLLET, COLOMER, Albert CROQUEZ, CHARLES-BRUN, Mlle France DARGET, Manuel DEVALDÈS, Armand CHARPENTIER, Marcel CLAVIÉ, Albert CREICHE, Henri DELISLE, Léon DEUBEL, Pierre DUFAY, Mlle Marthe DUPUY, Dr DOUTREBENTE, HUBERT-FILLAY, H. FLEISCHMANN, Dr J. FRÉCHOU, GAHISTO, ERNEST GAUBERT, M. GERMAIN, P. GOURMAND, G. GRAMEGNA, M. GRENIOT, Fernand HAUSER, H. HENNION, Gustave KAHN, René KIFFER, Gérard DE LACAZE-DUTHIERS, Hugues LAPAIRE, Alfred-Charles LAVAUZELLE, Philéas LEBESGUE, Georges LECOMTE, Al. LELEU, J. LEMOINE, Dr LESUEUR, G. MAURICE, Victor-Emile MICHELET, Gabriel NIGOND, Georges PERIN, Cécile PÉRIN, M.-C. POINSOT, Gustave POREZ, Léon RIOTOR, Comtesse DE TRAMAR, Pierre PLESSIS, J. PAUL-BONCOUR, L. PAUL-BONCOUR, Henri RAINALDY, Georges RÉGNAL, Louis-Xavier DE RICARD, G. RICHAULT, Henry RIGAL, J. ROUGÉ, C.-M. SAVARIT, Robert DE SOUZA, Léon VANNOZ, André FOULON DE VAULX, Anna de VELQUOI, Daniel DE VENANCOURT.

Imp. René BRETON, 41-43, rue Denis-Papin, Blois

DU MÊME AUTEUR

POÉSIE

L'Habituel Roman, poèmes (1902). *Épuisé.*
Aux éditions de la *Revue Verlainienne*, Paris.

Les Gas d'cheux nous (1ʳᵉ série) 1907 (2ᵉ édition), une plaquette.......... 0 fr. 50
Aux éditions du *Jardin de la France*, Blois.

Les Poèmes maudits, vers (1907)..................... .... 3 fr. 50
Aux éditions du *Jardin de la France*, Blois.

ROMAN

De Blois à Crozant (1903). *Épuisé.*

L'Usure, scènes du Quartier latin (1903)........ .... 3 fr. 50
J. Fabre, édit., Béziers.

La Fin d'Elzéar Molibas, chercheur d'impossible (1904) . ... 2 fr. »
Sansot, édit., 53, rue Saint-André-des-Arts, Paris.

J'vas lâcher l'chien, contes et nouvelles (*à paraître*).

ÉTAPES SOCIALES :

   I. **Les Vacances de M. Gagnebien** (1905). Préface de J. Paul-Boncour 1 fr 25
    Éditions de la *Vie Blésoise*, Blois.

   II. **Au Seuil des Temps nouveaux.**

   III. **Demain !** (Les trois romans paraîtront en 1908, en un seul vol)... 3 fr. 50

Quelques Idées sur l'Éducation........................... .. .. 0 fr. 50
Aux *Annales politiques et sociales*, 6, rue du Val-de-Grâce, Paris.

THÉATRE

Amoureux de la Reine, un acte en vers (1903)........................ 1 fr. »
Sansot, édit., 53. rue Saint-André-des-Arts, Paris.

Le Rêve et la Vie, la Foi des Hommes, théâtre en vers (1906). *Épuisé.*

Berrichon perd sa place, comédie bouffe en un acte, en prose (2ᵉ édit.). 1 fr. »
Stock, édit., 155, rue Saint-Honoré, Paris.

Miousic ! comédie bouffe en un acte, en prose (1905) .... 1 fr. »
Éditions de la *Vie Blésoise*, Blois.

Le Retour de Crésus, comédie en un acte, en prose (1906) .... » fr. »
Cornély, édit., 101, rue de Vaugirard, Paris.

**Amoureux de la Reine — Ce que fille veut — Soir de fiançailles —
Augustin Thierry et son frère — Le Rêve et la Vie — La Foi
des Hommes**, six pièces de théâtre en vers réunies dans un volume
à paraître en 1908 (tirage limité à 100 ex.)..................... ... 5 fr. »

Pantagruel, trois actes en prose (1908) .... 4 fr. »
Éditions de la *Renaissance artistique tourangelle*.